U0919739

阎肃老人讲唐诗

阎肃/口述
阎宇/整理

中央编译出版社
Central Compilation & Translation Press

阎肃：一位受欢迎的艺术家

世上有些朋友，彼此交往既不长也不深，但一见就高兴，说个没完没了。我与阎肃先生，就是这样的朋友。我在中央电视台的全国青年歌手大奖赛中，曾与阎肃先生一起担任评委很多届，从旁观察，反复思考，发现他被当代电视观众喜爱是有原因的。

第一个原因，他身上完全没有让人厌烦的架子。他从来不曾在公开讲评和私下聊天中，夹带一丝一毫有关自己的职位以及以前作品的信息，哪怕是暗示也没有。于是，他在观众和朋友面前，不再是官员，不再是老艺术家，不再是学者，甚至，也不再有军队背景，而只是一个单纯、轻松的普通人。于是，他成了一个似乎没有显赫履历、官位、成就的和蔼老人，这等于拆除了他与广大观众之间的层层围墙、道道阻隔。观众面对他，并不需要穿越什么障碍，就能直接碰撞他诚恳的言辞和话语，倾听他毫无矜持的畅怀大笑。相比之下，那些喜欢抖搂“身份”的人可能一时让观众敬畏，却很难让观众融入，观众也就很快把他们冷落了，冷落在他们的那些“身份”中。

阎肃先生对“身份”的自我卸除，不是出于一种谋略，而是出于本心。我了解他，他在内心也对种种外在的地位毫不在乎，别人问起来，他只是轻描淡写地匆忙绕过，绝不流连。

阎肃先生受欢迎的第二个原因，是他真懂艺术。他的强项，是编剧、作词和音乐。他对剧本的要求，是干净而有力；他对唱词的要求，是流畅而典雅；他对音乐的要求，是浓烈而悠扬。正是出于这种等级，他即使应邀创作一首配合“打假行动”的歌词，也能写成“借我一双慧眼吧”这样高品位的流行歌曲而广泛流传。在艺术上，等级和品位是生命所在，这比题材重要。只要等级和品位高，哪怕是处置一个平凡的社会题材，也能闪现出审美光亮。在我的观察中，阎肃先生对于一篇歌词、一段音乐的点头、摇头，总是基本符合普遍而公平的艺术标尺。他可能说得比较客气，比较简单，但他对艺术的取舍、扬抑一清二楚。因此，请他来评审各种作品，就会显得很“内行”，社会各界都服气。

艺术良知使阎肃坚守住了审美本位。所以，广大观众都看到了，不管他出现在什么电视节目中，总是温和如春，切实可行，毫无作秀嫌疑。邀请他，不会有什么让人尴尬的风险。

阎肃先生受欢迎的第三个原因，是他天真烂漫，好学不倦。他永远处于一种李白抬头看瀑布的惊喜状态。他不执着于专业门户，不摆弄专家派头。他有很好的传统文化根基，但他从来没有在镜头前背诵名篇、甩弄典故，每次出来都是一副兴致勃勃、其乐融融的学习劲头。他像一个忘了年龄的“粉丝”，面对着各种新出现的艺术现象，天真而欣喜的表情是那么真诚。在讲评时，他没有教训口吻，更没有训斥语气，即使批评，也善良温和，让年轻的艺术爱好者们乐于接受这种镜头态度，与他在生活中充满好奇的学习精神有关。在与中央电视台的多次合作中，他非常注意我的讲述，只要我提到一个他所不清楚的历史细节，或者他不明白的国外文化生态，等到休息时总会不断询问，认真的态度就像一个学生。但从他的问题就知道，他其实对那些课题的背景并不陌生。我有时也会突然一愣，心想自己年轻时，他不曾经是我的崇拜偶像吗！偶像为什么永远高大？因为他心胸开阔，不断充溢。

阎肃先生的谦虚好学，使他每时每刻都对世界、对他人保持着一种新奇感。这样的人是可爱的，他几乎喜欢一切给他带来任何审美愉悦和思维愉悦的人，因此他自己也让人喜欢了，没有人不喜欢他。

说到这里，我想对阎肃先生做一个印象性的归纳。首先，他是一个稳稳地站在中国土地上的当代君子；其次，他是一个热爱生活、热爱人民的天真艺术家；第三，他是一个直到晚年还深受广大观众喜爱的奇迹般的老人。有此三点，此生足矣。

余秋雨

序

唐诗可以说是阎老最深最亲密的爱好，从童年起就一直相伴。

在我小时候，阎老拿给我一本刘逸生先生著的《唐诗小札》，说有空时背背唐诗，很好玩的。之后每当他见到我翻看时，都会凑过来讲个故事。

一次念到“野渡无人舟自横”，他说：“古代曾有皇帝拿这句诗当画的题目，考大家画画。一般人都会画出山涧溪水、小船横漂，但有个考生在船上多画了一样，就得状元了，猜猜他多画什么了?”我问：“啥啊?”他说：“画了一只鸟，站在船头。有鸟就证明船上没人啊，对上‘无人舟自横’啦。”从那次他讲后，这画面我一直忘不了。

到我上中学时，他还会偶尔在家给喜爱诗词的年轻人讲唐诗，听他讲课的人出门前跟我说：“你爸就像刚从唐朝回来的，好像杜甫是他舅舅。”我听着只想笑。

近几年，总有朋友问如何教孩子学唐诗。我就想，不如请老爸抽空讲讲，肯定对朋友们更加喜爱唐诗有帮助，于是就跟他说了。他听了很高兴，做了一段时间准备后，抽时间录制了《阎肃老人讲唐诗》的视频，后来我又整理了这本书。希望大家能喜欢和阎老一起分享对唐诗的喜爱吧。

阎 宇

二〇一七年十一月十七日

目录

王勃《滕王阁诗》

滕王高阁临江渚，佩玉鸣鸾罢歌舞。
画栋朝飞南浦云，珠帘暮卷西山雨。
闲云潭影日悠悠，物换星移几度秋。
阁中帝子今何在？槛外长江空自流。

我在读杜甫诗的时候知道了初唐四杰。杜甫在《戏为六绝句》的第二首中写道：“王杨卢骆当时体，轻薄为文哂未休。尔曹身与名俱灭，不废江河万古流。”王勃、杨炯、卢照邻和骆宾王，他们给初唐时期的中国文坛带来了不小的震动，是当时光芒四射的四颗文星。他们的诗和骈文，都有传世之作。

初唐四杰中，我在心灵深处最爱的是王勃。我爱他的才，他写的“秋水共长天一色，落霞与孤鹜齐飞”和“海内存知己，天涯若比邻”都是千古名句，不是一般人都能写得出来的。

《新唐书》里说，王勃写作的时候有一个习惯，他磨好了墨，喝醉了酒，钻进被窝蒙头大睡。一觉醒来，把被子一掀，拿起笔，一篇文章就写出来了，一个字都不改。这就叫腹稿，腹稿的典故就出自王勃。

王勃最精彩的一篇文章就是《滕王阁序》，这篇文章让后代的人们记住了他。滕王阁，在江西南昌赣江边上。南昌，唐代的时候叫洪都。负责建造滕王阁的官员姓阎，他在历史上其实留不下名字，是因为王勃在《滕王阁序》里提到了他，我们今天才知道他的姓。滕王阁建好以后，阎公举行了一个盛大的宴会，宴请四方宾客，希望有人来为滕王阁写一篇颂词。

当时，王勃要到如今越南北部的交趾去探望父亲，路过南昌，也应邀参加了这次宴会。阎公想让有点文才的女婿来写这篇颂词，他在席间故作谦虚，逐一邀请与会的文士，许多人知道阎公的心思，也都故作谦虚地推托。等问到王勃时，没想的这位二十岁出头的年轻人却自告奋勇地说：“我来。”阎公很生气，只好借口换衣服躲到旁边的屋里，想着怎么给这个年轻人挑个刺，找个茬。

王勃在大庭广众之下，提起笔、铺开纸，一字一句地写了起来。每写一句，就有人大声朗诵一句。阎公在屋里听着听着，脸上的怒气就越来越少了，他对王勃的钦佩之心油然而生。王勃的文章征服了他，当然也征服了在座所有的宾客。当朗诵到“落霞与孤鹜齐飞，秋水共长天一色”这一句时，阎公一下子从屋里冲出来，对王勃说：“你真是天才，这是神来之笔啊。”

其实这一句也不是王勃发明的。在王勃之前八十多年，南朝有一位文学家庾信就在其名作《三月三日华林园马射赋》中写道：“落花与芝盖同飞，杨柳共春旗一色”，这两句，把自然景物和人文环境相结合，而且是动态的，静中有动，动中还有静。

王勃化用了庾信的名句，但又写出了自己的新意。落霞，就是晚霞。孤鹜，这个词很绝，我曾经想过孤鹤、孤雀、孤雁，都没办法替代孤鹜。孤鹜飞起来，显得晚霞也在那儿飞动，有一种飘动的景色。而且马上就会联想到人生，人生有时候也是落霞与孤鹜齐飞，自己心里想的和周围的环境又相投，又不相投，而都同时在升华。咱们每个人都会碰到这种环境，我们冷静想想，都有这样一种景色在心头。秋水共长天一色，那时候正好是秋天。秋水，它代表某种萧瑟，某种辽阔，某种苍凉。秋水共长天一色，有那么一种辽远又飘渺的感觉。很多人生的遐想，想说却说不出来，但是这两句全包括了，这样的好句子可遇而不可求。

《滕王阁序》是用一首诗来结尾的，单独拿出来也叫《滕王阁诗》。这还有一个有趣的传说，王勃写到最后两句时，他似乎漏写了一个字，空着一个格。“阁中帝子今何在？槛外长江□自流”。写完后他把笔一搁，拱手说“见笑见笑”，就扬长而去。王勃一走，宾客们凑上来一读，最后两句明摆着有一个空，少一个字。怎么回事呢？大家你一言我一语地猜，槛外长江水自流，槛外长江仍自流，槛外长江常自流，槛外长江犹自流……想了许多许多字，都觉得不贴切，不满意。阎公只好派人去追王勃，追上以后，王勃说：“那字就在那儿摆着呢，你们怎么都看不见。”空，“槛外长江空自流”。

这个故事也给滕王阁又增添了一笔神奇的色彩。空自流，“空”这一个字，千百年来再也找不出比它更合适的字了。好的词，好的诗，你动一个字就觉得不行。我自己也有个体会，写《江姐》的时候，有一句歌词：“告诉他，当好革命的接班人，别把这战斗的年月全忘掉。”当时，有一位领导王建民同志说，改一个字吧，不要“全”忘掉，忘掉一半也不行，改成别把这战争的年月“轻”忘掉。这一个字，我一听就好，确实改得我佩服，一字之师，醍醐灌顶。

王勃《送杜少府之任蜀川》

城阙辅三秦，风烟望五津。
与君离别意，同是宦游人。
海内存知己，天涯若比邻。
无为在歧路，儿女共沾巾。

大概在写《滕王阁序》之前，王勃写过一首诗，其中有两句可以说是流传千古，“海内存知己，天涯若比邻”。到现在我们大家跟好朋友要分别的时候，都会引用这句诗。海内存知己，不管朋友到了哪里，有多远，四海之内，都还是知己。天涯若比邻，虽然远隔天涯，仍然像是邻居一样，还能并肩促膝谈心。朋友之间的真情、深情、思念之情，王勃用十个字就全写出来了，一千多年之后的人们还常把这句诗挂在嘴边，真是很了不起的。写诗的人，留下这样的句子，就是伟人。

王勃所在的时代，是个万象更新的年代。当时诗坛上比较流行的是宫体诗。从魏晋南北朝以来，流行着一种风格比较华丽，注重于辞藻堆砌，用今天的话来说有点不接地气或者假大空的那么一种写诗的风气。

宫体诗的兴起是从歌颂宫廷生活开始的，为了让皇帝和嫔妃们高兴，写一些辞藻非常美丽的诗也未尝不可，比如王维的“九天阊阖开宫殿，万国衣冠拜冕旒”，还体现了大国风范，也很好。但是，都写成这样的，千篇一律，就不好了。特别是不接地气，不受普通老百姓欢迎。宫体诗虽然用词和句子都很美，但大都是套话，人们听了上句就知道下句，听多了耳朵都起茧子了，这样人们就不爱听了。宫体诗诗人在当时的代表人物是上官仪，就是电视剧《武则天》里的那位上官婉儿的爷爷。但宫体诗也有一些优点，注重辞藻、对偶、声律，讲究六对、八对，后来的唐诗也吸收了这些特点，有创新也有继承。

要打破宫体诗一统天下的局面是不容易的，这就好像我们现在说的文艺工作者走基层、走转改、转作风、改文风等，需要许多许多人去实践，身体力行去做，最后才慢慢地逐步地改了过来。打破这个局面的，初唐四杰就是其中之一，他们就好像划破夜空的四颗闪亮的星星，“海内存知己，天涯若比邻”这样的句子让当时的天下人耳目一新。但初唐四杰也不受官场和高层的欢迎，受到了许多压制，卢照邻、杨炯的一生都很不顺利，王勃的命运也很不幸。

王勃在写了“海内存知己，天涯若比邻”之后就去了比朋友杜少府更远的地方。王勃的父亲被贬到交趾去当县令，王勃到那边去看他，坐船渡海的时候，遇上海难，他才27岁。天妒英才，有时候一个人的死生很难说。王勃在文坛上留下了重重的一笔，人们读到他的诗，就更同情他，也就有更多的人来纪念他。

杨炯《从军行》

烽火照西京，心中自不平。
牙璋辞凤阙，铁骑绕龙城。
雪暗凋旗画，风多杂鼓声。
宁为百夫长，胜作一书生。

“位卑未敢忘忧国”和“天下兴亡，匹夫有责”这两句话最能代表中国知识分子的精神状态，中国知识分子最可爱之处就在这里，他们总是觉得自己应该为国家做点什么。虽然他们当中很多人一生都不大得志，但是他们当中总有一些人会写出“宁为百夫长，胜作一书生”这样的豪言壮语。

“宁为百夫长，胜作一书生”这句诗的作者是杨炯。他写的这首《从军行》属于比较早的边塞诗，对初唐四杰诗文的流传也起了很大的作用。初唐四杰都年轻有为，而且非常有个性。杨炯和王勃的命运有些相同，他也是很短命，三十来岁就去世了。

杨炯是初唐四杰里头比较有性格的一位，据说，杨炯曾发牢骚说对“王杨卢骆”这个排序很不满意，他曾说“愧在卢前，耻居王后”，意思是说，我比不了卢照邻，但是我比王勃强，觉得这个排名没道理。他虽然这么说，但他和王勃的关系非常好，王勃死了以后，杨炯为王勃编了诗集，还写了文章悼念王勃。

杨炯小时候，中了童子科，在当时就是神童，他在年轻时就写出了很多好的作品，有很高的文学成就。和其他三杰一样，都给初唐的诗坛带来了光彩。杨炯的《从军行》，是最早的边塞诗之一。从军行，用我们现在的话说就是当兵，要当解放军。《从军行》这首诗，应该说在初唐四杰的文学作品中，算不上特别了不起的，但从军歌角度来说它是非常棒的。最后两句，“宁为百夫长，胜作一书生”，特别令人感动。百夫长，就是管一百个人的长官，我觉得应该是个连级干部。书生报国，想当一个普通的士官，到前线杀敌，在国家需要的时候，投笔从戎，甘当一个马前卒，这种精神是非常了不起的。

我们中国古往今来，就有着这样一种精神，马革裹尸，枕戈待旦，鼓舞了一代又一代人。戍边卫国，永远迎着朔风，迎着边关的风雪，毫无惧色，留下了一个又一个光辉的瞬间。

杀敌归来血洗刀，百里不动苍天高，我特别佩服这种精神。“葡萄美酒夜光杯，欲饮琵琶马上催。醉卧沙场君莫笑，古来征战几人回。”我也是个军人，虽然老了，每当读到这首诗的时候，我也会感到那种军人固有的血脉在流。我在边关也写了我们部队的《军营男子汉》和《长城长》等诗，我觉得就是学习和继承了这种汉唐以来的豪迈之风。

杨炯虽然不以边塞诗人之名传世，但他这首诗是一首真正的边塞诗。后来宋词中的豪放词，都是受到了这时边塞诗的影响。杨炯曾经到过边关，他有这么一番戍边的从军经历，他写的“牙璋辞凤阙，铁骑绕龙城”是他自己的真实感受，绝不是无病呻吟。他一生都郁郁不得志，他一直想学而优则仕，当官来施展自己的抱负，这和儒家的修身、齐家、治国、平天下一脉相承的。人生一世，总是要为朝廷、为社稷做一番事业。但当国家需要的时候，他绝不独善其身，立即上马打仗去。他不图别的，就是想做点报效社会的事。我对杨炯的佩服，就在这里。

骆宾王《咏鹅》

鹅鹅鹅，曲项向天歌。
白毛浮绿水，红掌拨清波。

唐朝从唐高祖李渊到武则天这一段叫初唐，那时文坛的代表人物就是初唐四杰。中国从古至今都有这样的习惯，大家都喜欢用几个有共同特点的名人来排列，现在还有四大天王、四大名旦等。其实，初唐的诗人不止他们四位，比如贺知章，他写的“二月春风似剪刀”，我现在一看到柳树，首先就会想到他老先生。但初唐四杰的形象在我脑海里一直挥之不去，我上小学的时候，就读到了骆宾王的《咏鹅》这首诗。

《咏鹅》这首诗是骆宾王 7 岁的时候写出来的，现在连我的小孙女都会背。“鹅鹅鹅，曲项向天歌。白毛浮绿水，红掌拨清波”。这首诗非常直白，妇孺皆懂，但就是有生命力，流传了一千多年，而且还要流传下去。《咏鹅》这首诗，它的色彩和动静，如画一般。你看到一只鹅在水上，你马上想起的就是这首诗。他的颜色搭配非常好，多少年来没人超过。

有人曾经问我，说五百年之后还有哪些诗文能留下，我不假思索就说，毛主席的诗词和鲁迅先生的诗会留下。艺术的功力和魅力在这儿摆着呢，早已嵌入了我们的星空，谁也没办法把它拿下来。我也写歌词，有时候也写点诗，我认为写得顺了，感觉有点意思了，自己还挺得意了，但是说要留下，经得住岁月的考验，我就没有什么把握了。我常想，一千多年来好多东西，不管是人造的还是自然的，都已经从我们这个地球上，从人们的心目当中，从历史上消失了，可是唐诗中的《咏鹅》、“床前明月光”、“春眠不觉晓”等，那些大家的诗，能留下来，我觉得就是了不起的。

唐朝的时候，写诗的风气非常盛。唐朝的科举考试中，写诗就是一个科目，你要当官或晋升，都要会写诗。那时候，从皇帝到大臣，再到一介武夫、普通渔樵都写诗，《全唐诗》里还收录了当时一个捧剑奴写的诗。根据研究和统计，现在流传下来的唐诗，也就是当时全部诗作的十分之一。那时候印刷术相对落后，有的诗写得一般，没有被人传诵，或者自己不满意就没拿出来，因此很多诗都没有流传下来。李白、杜甫这些大家，可能也有一些诗没有流传下来。王杨卢骆也是如此，但是能流传下来的诗，都有它光彩的一面。

骆宾王后来的诗我也读过，并不认为多好。他的诗文中还有一个使我印象深刻的，就是他跟随徐敬业反对武则天时写的讨武则天的檄文《讨武曌檄》。“一抔之土未干，六尺之孤何托”，武则天看得血脉偾张，她真动情了，她并不是愤怒，而是一种欣赏。这种骂自己的文章，而被自己所欣赏，说明了文章的力量。这个檄文当时确实有鼓动性、煽动性，真是鼓动了那帮起来造反的人。骆宾王的一腔义愤和一手好文章，连武则天自己都欣赏，都觉得这个人我没重用是一大损失。这就是我所认识的骆宾王。

骆宾王和王勃、杨炯、卢照邻同属于初唐四杰。从他们的出身来说，他们都出身于中下阶层的知识分子。经历的生活基本比较相似，可能跟六朝之前的那些宫廷贵族诗人还不太一样，他们能接触到底层的一些文化，而且他们政治上比较坎坷。所以在他们的作品中，都反映出了当时下层社会的一些气息，而且也更加具有现实的意义。拿我们今天的话来说，可能比较接地气一点。

他们四位在政治生活上也有一些相同之处。尽管在当时他们被别人讥讽为“浮躁浅露”，但他们的才情，还有政治遭遇，被后边很多人所同情。因为他们四个都很有才，应该算是官小名大，然后年少才高。但是他们的才情不被统治者所认同，在当时政治抱负无法得到施展，而且他们个人的性格上又比较有傲气，不愿意同流合污，就是随着统治阶级的意向去走，或者说俯首帖耳地听从那个统治阶级的意向去做一些他们的御用文人，所以就出现了很多与统治阶级悖逆的一些事情，就不被统治阶级所看好。

还有，他们都属于骈文高手，大家可能都认为他们是诗人，但是他们也有一些骈文。他们的骈文，或者还有他们的诗文都未净脱六朝的靡靡之风，就是沾染了一点六朝当时的那些比较迤逦的风气。他不像陈子昂那样特别反对六朝之风，旗帜鲜明。他们虽然说在诗文上有很大的革新，但是在那种风气的影响下，他们的词文声律还是稍微带有一点点浮艳的诗风。

说到不同的话，应该先从他们的排序来说，因为我们都知道，王杨卢骆，是按照王勃、杨炯、卢照邻、骆宾王这样排下来的，而这种排序带有一定的品鉴意义。这种排序在当时，或者说在现代，也有一些人有疑义，这些人就包括当时属于初唐四杰之一的卢照邻，他自己就感慨到，说喜居王后，然后耻在骆前，他自己认为自己的才能不如骆宾王，所以他觉得排在骆宾王前头，是让自己觉得羞愧。骆宾王虽然排在最后，但应该算是他们四个人年辈最高的，经历也是比较复杂的一个。所以他可能在他的诗文的反映上，要比他们丰富一些。

骆宾王《在狱咏蝉》

西陆蝉声唱，南冠客思侵。
不堪玄鬓影，来对白头吟。
露重飞难进，风多响易沉。
无人信高洁，谁为表予心。

骆宾王还有一首好诗就是《在狱咏蝉》。在狱，就是在监狱里。骆宾王担任侍御史的时候，写了许多文章，评论和批评当时还是皇后的武则天，武后大怒，就派人找他的茬，诬陷他贪污，把他关进了监狱。当然，这是个冤案。骆宾王在牢房里看到铁窗外树上的知了，就写了这首诗。

南冠，就是指囚徒。古代的时候，南方的楚地，还没有开发，比较落后，许多犯人就被发配到那里，所以叫“南冠”或“楚囚”，有革命烈士的诗叫作“留得豪情作楚囚”，就是这个意思。蝉的叫声引起了“南冠”的思考。秋天，秋风萧瑟，作为“南冠”的诗人，身心都不自由。他除了思念家乡以外，还想到自己大好的青春，都随着政治上各种折磨而慢慢消逝，头上也增添了丝丝白发。秋天的蝉，高唱了一生，总还被人称颂，而自己不但一事无成，还锒铛入狱。

“白头吟”是乐府的曲名，据说，西汉时卓文君发现司马相如对爱情不专，就写了一首《白头吟》来表明自己的心迹，让司马相如感到羞愧。骆宾王用这个来比喻朝廷辜负了诗人对国家一片忠诚和热爱。他表面上说的是蝉，实际上句句说的都是自己，这就是诗中常用的比兴手法。“露重”“风多”都是说政治环境不好，“飞难进”是说自己仕途不得志，“响易沉”比喻自己言论受到压抑。咏物的诗写到这种境界，真的是物和我、主体和客体水乳交融了，这其实和杜甫“感时花溅泪，恨别鸟惊心”有着异曲同工之处。骆宾王最后说，秋天的蝉高高地在树上，餐风饮露，有谁相信它不食人间烟火呢？自己品性高洁，也同样不为世人所了解，反被诬陷入狱，这不是和屈原在《离骚》中所写的“世溷浊而不分兮，好蔽美而嫉妒”一样吗？这个时候有谁肯出来替自己申冤呢？在这样的患难之中，也只有树上的蝉能为我高唱，我的诗也只能为秋蝉而吟诵，让我们互勉吧。

从骆宾王的《在狱咏蝉》这首诗里，我们看到强烈现实主义精神，看到一代文人的哀歌和诗人自己的愤怒，他开始正视人生，直接写自己的爱憎等真实的感情，有勇气面对生命中的悲欢离合。他这是实实在在地表达自己的感情，所以就打动了许多人，流传到了今天，还能让人感动。诗只有写了自己的真实感情才能打动别人。这一点就和宫体诗不一样了，这也是骆宾王和其他三杰给唐代诗坛带来的重要变化。诗坛的创新和改革，使得诗歌重新焕发了生命力，迎来了唐诗的黄金时代，骆宾王和初唐四杰的其他三位就是这方面的先驱。

人总要有一些磨难。太平日子太久了，把人们的意志消磨得多，就无法产生好的作品。人在受到磨难，动荡的生活中，往往能写出好的作品，骆宾王的《在狱咏蝉》就是这样。

人的感情用诗来表达，这是一种境界，大家都说唐诗好，我看好就好在这个地方。我希望大家有空读点唐诗，这是我真正的一种渴望，不管你是做什么的，你读点唐诗绝对好，就是陶冶心灵也好，对于您看待世界，是一种享受，一种美，一种心灵的慰藉，真是好。我随便一首诗，“沧海月明珠有泪，蓝田日暖玉生烟”，你怎么看，每一个字都漂亮。“两个黄鹂鸣翠柳，一行白鹭上青天”，怎么读都是一种美。你就会感到，这几个字放在一起怎么那么美？读点诗，腹有诗书气自华，你就不俗。

张若虚《春江花月夜》

春江潮水连海平，海上明月共潮生。
滟滟随波千万里，何处春江无月明？
江流宛转绕芳甸，月照花林皆似霰。
空里流霜不觉飞，汀上白沙看不见。
江天一色无纤尘，皎皎空中孤月轮。
江畔何人初见月？江月何年初照人？
人生代代无穷已，江月年年只相似。
不知江月待何人，但见长江送流水。
白云一片去悠悠，青枫浦上不胜愁。
谁家今夜扁舟子？何处相思明月楼？
可怜楼上月徘徊，应照离人妆镜台。
玉户帘中卷不去，捣衣砧上拂还来。
此时相望不相闻，愿逐月华流照君。

鸿雁长飞光不度，鱼龙潜跃水成文。
昨夜闲潭梦落花，可怜春半不还家。
江水流春去欲尽，江潭落月复西斜。
斜月沉沉藏海雾，碣石潇湘无限路。
不知乘月几人归？落月摇情满江树。

我觉得读唐诗，咱们不要忘掉了这个人物，张若虚。当年的吴中四才子，跟贺知章一起。他的《春江花月夜》，这个必须要知道。《春江花月夜》，这五个字加在一块，这一幅图画，整个一首诗全包括了。后来我读《红楼梦》里面那些名句时，马上就会想到《春江花月夜》。

《春江花月夜》是一首七言长诗，它是乐府里面无调的歌曲，据考证是由南朝陈后主陈书宝所写，后来隋朝的杨广也有大概那么七八首，有的说是二十四首。后来最有名的，反而是张若虚，他的这一首《春江花月夜》，跟最早的陈书宝的乐府无调的歌曲有所区别了，它就是一种歌行体，长诗，总共 36 句。

张若虚比李白还要稍大一点，正好是生活在盛唐的时期。他秉承了吴中才子的这种风流，这种才华。他的一些创作的轨迹、人生的一些故事，我们现在都不可考了，因为他留下的东西不多。但是我觉得，有一首好诗足够了。丁玲说过，一个好的作家，一个诗人，你想每一篇都是精品，那是不可能的。民间有个说法，叫好戏唱一曲，最多加演一场。

我觉得张若虚，仅凭这一首长诗，足以奠定他在中国诗歌史、中国文学史和世界诗歌史、世界文学史的地位。短短的36句，尽管我们把它作为长诗来看，在我看来，36句并不长，但其中的思想的容量非常大，还有许多宗教的东西，咱们马克思主义者，不信宗教，但可以把宗教作为一种文化现象来关注、来研究。《春江花月夜》里面有佛教的境界，禅宗在隋唐时期是得到了登峰造极的这么一种传播。比如说到唐僧去西天取经等等，《西游记》是把它当神话写，实际上还是有历史事实的。同时，比如说李白，他学道，而且他的“道行”还很深，按照当时他的境界来讲，他已经是得道升仙级的人物了。《春江花月夜》这首长诗里面，把各种各样的思想、禅机，空灵、佛家的这种思辨性的东西，宗教的那种思索的、对于天地人神的怀疑、思考、追问融合在一起，由于当时人们认知能力有限，对于自然风景，对于苍天大地有无奈，有感叹，有追问，有思索，有怀疑，从多层面做了丰富性的思想上的探索。我想闻一多先生说他是顶峰中的顶峰，里面应该包括对他思想的丰富性、多样性、深刻性的一种赞扬和肯定吧。

《春江花月夜》在艺术上也是有创新的。短短的36句，里面包含了赋、比、兴这种传统诗词的手法，以及比喻、象征、顶针、互文等，包括对仗，当然他这个对仗就不是咱们格律诗的对仗，而是流水对等。我觉得这种艺术上的成就是非常高的，因为他这首诗完全脱离了六朝以来，宋齐梁陈这些极度浮华、虚骄又有点凄凉的宫廷体，把这些淫辞滥调一扫而空，写出了非常真的、非常美的、非常自然的，回归情态、回归真诚的这种感情，实际上是对艺术最高境界的回归。

我想，文坛没有高下之分，他们这种贡献，是让诗摆脱了形式主义的束缚，让诗回归到艺术的本身，从这个角度来说它是划时代的。从诗体上讲，我觉得很值得研究。我刚才说了，它本来是来自乐府，乐府是民间和官方的互动。我想，应该最早还是取自于民间，随着官方诗人的加工，形成了它固有的风格。我们有两个皇帝在掺和这个事，一个是陈书宝——陈后主，那也是一代词宗。他创了这种体，并进行了加工总结，我想从艺术上、从形式上是到了很高的境界。另一个是杨广，其实我们现在把杨广妖魔化，他也是诗词方家，通音律。那么经过这么一个改造的话，《春江花月夜》这种体裁，从形式上，它是一种杂交，至少有三种血统。一个是江南的民歌体，江南采莲采茶，我们江南的民歌体可丰富了，我想这是源头。第二是宫廷的，这种叫作六朝的宫廷体。它的好处就是能够极其华丽、极其工整。第三就是，经过六朝到隋唐，将近500年的转变，正好是古体诗向格律诗过渡。

所以我认为，这首诗，从文体形式，对我们古典诗词的影响很大，它可以说是在吸收和创新过程中，还没有定型的一种创新体，既不是民歌体，也不是乐府宫廷体，也不是后来唐代定型的格律体。正是这种三不像，反而有利于它的创新。比如说我们的七律，就是八句了，七绝就是四句，所谓四言八句。由于这种严格的格律限制，它不可能写这么长。所以我觉得第二条，在艺术形式上，在诗歌的创新上，这首长诗是功莫大焉。

咱们古典诗词最基本，也是最重要的要求之一，就是音律的审美。音律学很重要，我们格律诗词要求讲平仄，讲对仗。古诗，包括乐府体、民歌体不要求平仄，也不要求对仗，但是押韵是一定要求的，押韵可以说是中国古典诗词最基本的基本功，是最重要的要件。当然押韵有变化，我们有各种各样的要求。具体到《春江花月夜》这首长诗，它的转韵也很有特点，是四句转一次韵，比如说它前面都是平声韵，后来仄韵收起，韵脚非常自然，非常流畅，转而无痕，你找不到痕迹。本来，如果不是一韵到底的话，咱们读起来总是有点拗口。但是这首长诗，咱们读的时候感觉不到，它是偷偷的，已经是偷梁换柱，把那个韵给换掉了，而且非常顺畅。那么就是说，咱们张若虚，不仅是诗词大家，他也是音韵高手，我就觉得，这是绝高之手，这个很有艺术。本来说我们古典诗词的韵讲究同调相压，这是常态。而这首诗异调相压，属于例外。既有守正的部分，也有突破的部分，张若虚能够信手拈来，进出自如，既保持创新的这个锐度，也保留了守正的这种传统。所以从音韵学的角度来说，《春江花月夜》是一个非常了不起的范本。

我们读唐诗，往往注意它是格律诗，但是实际上初唐一代，不仅格律诗写得好，古体诗成就也非常高。“孤篇压全唐”的《春江花月夜》就不是一首格律诗。我觉得文体形式可以有多样性，既可以填词，严格地按词牌，又可以写格律诗，写七律。从文体创新的角度，应该多写像《春江花月夜》这样不拘一格的古体诗。它唯一的、比较严格的、比较刚性的要求，就是要求押韵。但即使是押韵，它也有例外，像我刚才讲的同调相压是常态，异调相压是例外。

杜审言《春日京中有怀》

今年游寓独游秦，愁思看春不当春。
上林苑里花徒发，细柳营前叶漫新。
公子南桥应尽兴，将军西第几留宾。
寄语洛城风日道，明年春色倍还人。

杜审言，是杜甫的爷爷。杜甫说过，“诗是吾家事”，他们家的诗真是有祖传的。杜审言，他也是唐诗的革新派。初唐四杰和陈子昂以后，就有了杜审言、沈佺期、宋之问几位。他们是唐诗中最早写七律的。

唐朝有两个首都，一个是长安，另一个是洛阳。洛阳也叫作东都。杜审言曾当过洛阳丞，后来当膳部员外郎和著作佐郎，也基本上是在洛阳任职，他的家在洛阳西边的巩县，也就是今天的河南巩义。因此他对洛阳有一种特别亲切的感情。武则天当政时，长期住在洛阳，只在两三年时间是在长安的，当时杜审言也跟着武则天去了长安。在长安的时候，他就想起了家乡巩义和洛阳，就写了这首《春日京中有怀》。他是说，春天，他怀念亲友，希望早日回去，他对洛阳的万物有着无比的眷恋和热爱之情。

这首诗开始写得很平缓，“今年游寓独游秦”，去年，我到秦地来了，是很孤独的。接着就呼应题目里的“京中”，简单明快地交代了他宦游的时间、地点，这样就点明了整首诗的背景。唐朝的时候，宦游对诗人来说，是家常便饭。他说，而今年所不同的是“独游秦”。“独游秦”三字，和王维的“独在异乡为异客”中的“独”字一样，把诗人的孤独寂寞的心态和情怀表现了出来，使人觉得既充分又含蓄。

接着，在这平静的叙述中，慢慢地就有了波动和起伏。“愁思看春不当春”，这春天的景色多么美好，可我却因为乡愁而一点欣赏的兴趣都没有。这和武则天的“看朱成碧思纷纷”，好像有一点相像啊。长安，当时已经是千年古都，冬去春来，风物气候的变化，自然容易引起外乡人的愁思。当时唐诗的格律还没有完全形成，他在诗中用了重字，但用得很巧妙，而且错落有致，“游寓独游秦”，“看春不当春”，使人感到有一种特别的气韵和节奏，一点也不显得重复。

“上林苑里花徒发，细柳营前叶漫新”，汉武帝时修建的上林苑里的鲜花依然盛开，却无人欣赏，当年周亚夫军纪严明的细柳营前，柳枝新绿，却也无人眷顾。这个对得很工整，也把自己的思乡感情写进去了。“公子南桥应尽兴，将军西第几留宾”，诗人在这里却想象到了洛阳友人赏春欢宴的情景。他用这个想象的场景来反衬出自己的孤寂，这在当时是一种非常有新意的写法，突出对友人怀念的深沉和思念之切，后来王维写的“遍插茱萸少一人”也有点这个意思，杜审言是王维的上一辈人，前辈诗人对后辈的影响，也说明了唐诗中的继承关系。朋友们在南桥群游兴尽而归，又在西第集宴豪饮。这欢畅的场面，正与自己的“独游秦”形成鲜明的对照。

最后这是一个传颂千古的名句，“寄语洛城风日道，明年春色倍还人”，杜审言太熟悉洛阳的一切了，他思念洛城的人，也怀念洛城的风日，更留恋洛城的春光美景。“诗贵出于自心”，这句诗正是独出心裁，“言人之所不能言”。

贺知章《回乡偶书二首》

其一

少小离家老大回，乡音无改鬓毛衰。
儿童相见不相识，笑问客从何处来。

其二

离别家乡岁月多，近来人事半消磨。
惟有门前镜湖水，春风不改旧时波。

怀念家乡的诗歌当中，最脍炙人口的当然是贺知章的《回乡偶书二首》。特别是第一首，“少小离家老大回，乡音无改鬓毛衰。儿童相见不相识，笑问客从何处来。”诗人没有一个字说我爱家乡，家乡好，但是每一个字迸发出来的，都是诗人对家乡深厚的爱，每一个字迸发出来的，就是发自内心的对家乡的爱。

第一首脍炙人口，其实第二首也是非常好的。第二首他写道，“离别家乡岁月多，近来人事半消磨。”离开家乡已经好长时间了，近来我们村里头有很多的老人，已经在岁月的风霜消磨中去世了，已经去了很多了。“近来人事半消磨”，我自己就很有这样的一个体会，我每次回家的时候，老人们都少了一个，少了一个，少了一个。

“惟有门前镜湖水，春风不减旧时波。”这个“减”字有不同的版本，有一种版本叫作“改”也是可以的，不改旧时波。我们每一个长久离开家乡的人，在怀念家乡的时候都会有这样一种情感，多少年过去了，我们村里门前的小河还是那么静静地流着，河上的小桥还是那么默默地伫立着，河边的杨柳还是那么轻轻地吹拂着，可是村里的人却老了，一个一个地去世了，当年爱我的人，和我爱的人，却一个一个地飘零了。所以我们都非常感伤。我还在，人已经亡了。物在人亡，物是人非，这是我们人生永远无法逃脱的。

王之涣《登鹳雀楼》

白日依山尽，黄河入海流。
欲穷千里目，更上一层楼。

中国古代有一些建筑物，都是因为一篇文章、一首诗而流传千古。这就是“楼以文传，文以楼传”，相互促进，交相辉映。有许多阁和楼，由于和名篇名诗联系在一起，在历史上也获得了不朽的地位。有的建筑物不断翻修，毁了又重新盖起来，都是因为有一篇有名的文章或诗篇。滕王阁、岳阳楼、黄鹤楼、寒山寺等都是这样，鹳雀楼就更加典型。这是我们中国特有的一个现象。

鹳雀楼在成吉思汗进攻金朝的时候被毁，是到了改革开放以后才又重新建设的，一千多年了，人们都没有忘记这座楼，就是因为有王之涣的《登鹳雀楼》这首诗，有“欲穷千里目，更上一层楼”这个名句。

王之涣出生于公元688年，比王维、李白大13岁，终年55岁。他祖籍晋阳，就是今天的山西太原。王之涣从小就很好学，中年时已经诗名大振了。他的很多诗都被乐工制作成歌曲，在当时非常有名。但是现在保存下来的只有六首，其中最有名的三首是《登鹳雀楼》《凉州词二首》中的一首和《送别》。这三首中有两首是写风景名胜的，其中《凉州词》也是千古名诗。

关于这首诗的作者，有一点小插曲。有人说诗的作者不是王之涣，而是朱彬，或者是王文焕。这些都有一些专家考证的依据，当时这两个人确实存在，王文焕和王之涣，可能是“文”和“之”这两个字草书体和接近，在抄写时抄错了。朱彬，也可能是误传。现在也是这样，我经常被人家误会为乔羽，有人说：“你写得这个真不错。”我说：“对不起，那是乔羽先生的作品。”其实，老百姓记住的就是这首诗好，有时候记不住作者。这就好像，大家都知道梅兰芳、程砚秋，可很少有人知道为梅兰芳写剧本的齐如山，为程砚秋写剧本的翁偶虹、罗瘿公。

其实，真正被人记住的就是“白日依山尽，黄河入海流，欲穷千里目，更上一层楼”这首诗，这首诗太精彩了，我们很难超越它。

“欲穷千里目”，实际上，人们一眼望去，也望不到一千里，这里面有一种意念，或者人生当中的一种哲理。“穷”如果改成“极”或“骋”，虽然也有这个意思，但就是感觉不好。“穷”，就是看透了，看尽了，看清楚了。前面有一个开阔宏大的一个意境，我登上过娘子关和嘉峪关，感觉到那种壮阔、辽阔，带着苍凉，使人感到人生很短促、很无奈。“白日”，不是如日中天，而是慢慢地就要落下去的白日，靠着山，有一种博大之外，还有某种苍凉，它曾经炽烈过。诗的意境就在这里，值得我们永远回味。

我曾想“红日依山尽”也可以，甚至于音韵都没错，因为红、白都是阳平。但是“红日依山尽”，仔细一想，“尽”不了。好像在喷薄欲出的感觉，不是就要落山的感觉。“白日依山尽”，一幅博大的、动态的图画就出来了，山是静的，落日余晖，水是动的，奔腾入海，一下子就会感觉到视野宽阔得不得了，苍茫大地，尽收眼底。我每读到这儿，就有一种博大、宽阔、辽阔、海阔天空的感觉油然而生，一下子觉得自己进入了一种新的境界。

但这还不够，“更上一层楼”，又在情感上进一步做了升华，一下子让你又上了一个高度，看得更远了。读到这里，我就想，好的诗句和词句，就是说出了你想说而没说出来的话。朦朦胧胧地有个想法，但是不知道如何说，他替你说出来了，你豁然开朗，这是一种启发，也是一种享受。而且用词非常简单，大家都认识，不用查字典，谁都会写，可就是没人能写出来，诗的魅力就在这里。经得起你读百回、读千回，还是觉得有滋有味，甚至从小你就读它，到老了，你还记得它。

“更上一层楼”，“更上”，换一个别的词都无法替代，又上一层楼，再上一层楼，攀上一层楼，登上一层楼，走上一层楼，怎么改都不合适。诗特别讲究这个，用一个词，别的就都不能替代。中国的诗是这样，外国的诗也是这样，拜伦、雪莱、莎士比亚的诗用词也讲究极了。新诗也是这样，徐志摩的诗“轻轻的我走了，正如我轻轻的来”，也是改一个字都不行。

“更上一层楼”，也讲了一个哲理，这个哲理太简单，太容易被人所理解，而且又是每个人都需要的，它支持你，鼓励你向上、去攀升，用现在的话说就是正能量。每当我读到这首诗，就感觉到一种博大、一种胸怀、一种鼓舞，不管是青年、壮年、中年或老年，都需要这种鼓舞和激励。

王之涣《凉州词》

黄河远上白云间，一片孤城万仞山。
羌笛何须怨杨柳，春风不度玉门关。

王之涣还有一首好诗，就是这首《凉州词》。这首诗在唐代就传播很广，可以说是一写出来就名闻天下。

我在一本唐代野史笔记《集异记》里看到一篇《旗亭画壁》，说的就是这首诗传播的有趣故事。旗亭是什么呢？古代酒楼外面其实都不挂木质的牌子，更没有如今的霓虹闪烁，通常都是在外面挂一面旗，也就是一块布，上书几个大字“某某酒家”。武松过景阳冈的时候也看到这样一个酒旗，进去喝了十八碗，到宋朝还是这个习惯。

顺便说一下，唐代的印刷还不普及，唐诗也不像现在可以印成书给大家看。唐诗的流传方式有三种，一种是题壁，一种是文人之间互相抄送，第三种是通过梨园女子传唱，就好像今天的流行歌曲，唱的人越多，就越流行。人是离不开音乐的，人们在痛苦的时候、愤懑的时候、无聊的时候，都喜欢唱歌，高兴的时候唱歌，不高兴的时候也会唱歌，喝了酒唱歌，对酒当歌，古亦有之。

据说开元年间，王之涣和两位朋友王昌龄、高适一起出去喝酒，酒店里正好有一批梨园女子在唱歌。三个人就开始打赌，看这些歌伶唱谁的诗最多，就证明谁的诗是第一。一开始他们听到歌伶唱起了王昌龄的“洛阳亲友如相问，一片冰心在玉壶”。接着，又有人唱起了高适的诗：“开箧泪沾臆，见君前日书。”接下去，又唱了王昌龄的另一首。王昌龄和高适两人都得意扬扬，王之涣却急了，他指着伶人中最有品位、气质最好的那个说道：“我只看这个人唱的，她唱的也不是我的诗，我这辈子见到你们就退避三舍。如果是我的，那你们就拜我为师。”结果那个伶人一开口唱的便是王之涣的这首《凉州词》，这使王之涣非常得意。

这个故事被称为“旗亭画壁”，因为三位诗人在旗亭的墙壁上画记号来计算每人诗歌的数量。这个故事也不一定是真的，但它说明王之涣这首诗写得好，受到大家的欢迎，这是真的。王之涣写了好几首《凉州词》，这一首是最有名的。凉州就是西北边陲地方，三国的时候，司马懿担任雍凉大都督，就是那儿。

“黄河远上白云间”，黄河是立体的，这和“黄河之水天上来”很不一样，一般的水哪能往上走呢？但是“黄河远上白云间”是合理的，在甘肃秦台西平寨那一带，地势复杂，有的地方从某一个特定的角度看，黄河就是向上流的，看上去越远地势越高。诗人是从远处眺望这条大河，他的感觉可能是很特别的。如果我们画一幅山水画，远处的水总要画得高些，何况黄河的斜度本来就大，说“黄河之水天上来”或“黄河远上白云间”是作为一个画面来写的，是静态。“黄河之水天上来”是带有强烈奔流的感情，而“黄河远上白云间”却近乎于一个明净的写生。

“一片孤城万仞山”，使人感觉到一种苍凉辽阔，这个地方有一个城守在那儿。我曾多次到西北边关，前后跑了好几个月，我到现在也忘不了，那种汉唐雄风，咱们的戍边卫国将士那种英勇，枕戈待旦、马革裹尸的献身精神。我常常写大漠边关的冷月，一大片什么也没有，就是丘陵，草都没有，就看到一片城，万仞山，那个山，用我的话来说就是地球起了褶子，没完没了，什么也看不见，就看见这个。这种苍凉，我觉得就是这个心思。“黄河远上白云间，一片孤城万仞山”，就是一幅图画，你可以想象，画出来是非常雄奇壮美的。

羌笛，在唐诗中出现过很多次，是我国古老的单簧气鸣乐器，已有两千多年历史，流行在四川北部的羌族居住地。

由于羌族没有文字，历史文化除了靠口传心授外，羌笛也是交流、传承的一种重要渠道。最初的羌笛是用鸟腿骨或羊腿骨制成，有两种用途，既是吹奏的乐器，又是策马的马鞭，故又名“马鞭”或“吹鞭”。一说起羌笛，很多人都会想起它的代表曲目《折柳词》，从“羌笛何须怨杨柳，春风不度玉门关”中我们可以知道《折杨柳》早在唐代就是羌笛中的流行乐了。有一个曲调叫作《折杨柳》，或者叫《杨柳枝》，其中一定有怨。因为那个时候对出征的人，有很多是带着某种怨的。比方说，“闺中少妇不知愁，春日凝妆上翠楼。忽见陌头杨柳色，悔教夫婿觅封侯。”你看，这写得多漂亮？这是王昌龄的《闺怨》。

“羌笛何须怨杨柳”，这个“怨”字不一定是怨恨，而是一种思念，就是思念亲人。“春风不度玉门关”，有两种含义，表面的含义是皇上的恩泽到不了这个地方了，我们离关中，离家乡太远了，音讯都来不了，什么都来不了。但我觉得还有另外一种含义，就是尽管这儿荒凉，春风不度，没有人管，但是我们存在，我们在坚守，有我们在，国家就有领土的安全。我们的存在，平常可能感觉不到，但正是由于我们的存在，其他的人才能生活在这种“感觉不到”之中。这样就有一点境界了。我想这也正是这首诗真正能够出名的原因吧。

王翰《凉州词》

葡萄美酒夜光杯，欲饮琵琶马上催。
醉卧沙场君莫笑，古来征战几人回？

有人把王翰的《凉州词》称作是唐诗七绝的“压卷之作”。

王翰的事迹，历史记载得也不是很清楚。据说他早年进士及第，敢于直言纳谏，做过驾部员外。他生性洒脱，天天与才士豪侠饮酒游玩，后来被贬为道州司马，死于任上。他写过很多诗，可惜后来很多都失传了，流传下来的只有13首。但就凭这一首千古传诵的《凉州词》，他就足以流芳百世。

这首诗是非常豪放的，描写了卫国戍边、视死如归的英雄气概。它具体写了什么呢？就是将士出征前欢宴的场面。“葡萄美酒夜光杯”，这个酒是美酒，杯是夜光杯，但“欲饮琵琶马上催”，刚想喝上吧，军令就来了。战士骑在马上说，“醉卧沙场君莫笑，古来征战几人回?”最重要、最有意思的就是这两句，前面两句都是铺垫这一句的。这两句呢，有两种解释，一是说，喝，就喝个痛快吧，喝它个一醉方休，古来征战能几个回来?我们都置生死于度外了，那就喝个一醉方休吧。但也有人说这首诗是比较悲凉的，有一点厌战的情绪，你看这古来打仗能有几个能回来的?所以清朝学者就说，“作悲伤语读便浅，作谐谑语读便妙”。他说，这首诗你要作为悲凉来读，那你理解浅了，这就是指那种厌战的说法。但作为谐谑语来读，这就妙了。为什么呢?就是说这我们已经将生死置之度外了，马上要赴死，那你还犹豫什么啊。大战之前，畅饮、酣饮这场酒，那就和那些悲悲切切的，感觉就不一样了。而且你真正读起来，好像这个豪放的境界更高一些。所以，作悲凉一读便浅，作谐谑语一读便妙。这样和这个诗的意境、意象、英雄气概能贯穿起来，我是这样理解的。

“古来征战几人回”，很容易让人想起“风萧萧兮易水寒，壮士一去兮不复还”的深远意味。男儿从军，以身报国，明明知道前方危险，也仍然勇往直前，表现出这种微带醉意的大无畏英雄气概。

凉州就是现在的甘肃省武威市，在唐朝是边塞，看过唐朝的地图就知道，凉州属于陇右道，是唐朝的中原腹地和西域三十六国来往的交通要道，北面是突厥，南面是吐蕃，自然是边关，是战略要地，所以许多边塞诗都用“凉州词”这个名字。同时凉州也是丝绸之路古道上的交通要道，不打仗的时候商贾云集，当然物品很丰富，葡萄美酒和夜光杯，都通过凉州运到中原来。那个马踏飞燕的雕塑，就是从武威出土的，现在是那里的旅游文化标志。

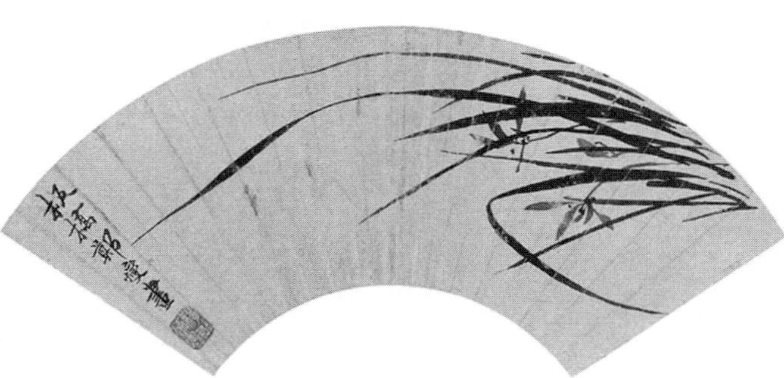

王昌龄《从军行》

青海长云暗雪山，孤城遥望玉门关。
黄沙百战穿金甲，不破楼兰终不还。

王昌龄是七绝圣手，他的七绝，有许多都写了山。到那些山上去，却是非常辛苦的。这首诗被誉为唐人七绝的压卷之作。借雪山孤城作为背景，显示出战士们誓扫楼兰的决心，至今读来，犹有黄沙扑面之感。

王昌龄写这首诗的时候，感情是非常投入的。要不然，不会写得这么好。

青海在青藏高原东北部，古为西戎地，汉为西羌地。曾称西海、鲜水海、卑禾羌海，自十六国时期始称青海。

青海是个美丽而又诱人的地方，它的美丽，是沉默的美，是雄浑的美，是壮阔的美。我国发行的第一套《青海风光》

邮资明信片，就叫“千山之宗”。“宗”在汉语里其中一个解释为“祖宗”的意思，一个解释为“根本”的意思，千山之宗当然是众山的祖先，是众山的根。山从平地起，它的基本特征和属性是高大威猛。

形容山之巍峨险峻时，民间曾经有言：“五岳归来不看山，黄山归来不看岳。”但比起青海的山，这些横亘在平川山原上的庞然大物，只能是饶舌的毛头小子、追逐时尚和潮流的才俊后生，在青海的大山面前，他们缺少了辽远与浑厚，缺少了静气与内敛，缺少了些大英雄气概。

青海的山气质独特，不仅仅因为他们摩天凌云、绵延千里，更因为他们深藏不露、蔑视尘世的气度与默默奉献从不索取的品质。

青海的山和中国的人文历史有血肉相连的联系，或者，换句话说，中国的历史政治、文学艺术许多都从青海的山里寻找精神、理想、灵感、寄托。读着“青海长云暗雪山，孤城遥望玉门关”，你就会想到胡笳、狼烟、寒夜、孤星；想到那些与保家卫国、背负民族责任相关的慷慨悲歌。

1964 年，我到西藏，12 月 26 日，毛主席生日那天，我从格尔木坐卡车，坐大卡车的司机棚，一路走了 18 天，五道梁、黑河、温泉，一个一个的兵站，那个时候兵站没有高压锅，没有火。我的天啊，我死去活来，蝴蝶斑也长了，高原反应之强烈，就是从这儿走到那儿，走二十多分钟没走过去。

晚上睡觉我盖了五床被子，底下垫了四床被子，我穿了绒衣绒裤，就跟我光着身子躺在冰天雪地一样，一宿就没睡着觉。

抗美援朝我也去了，好多地方我都去过，到了西藏我才知道什么叫艰苦，就是高原反应，冬天。第二天早上，一个小战士给我端了盆水，还带着冰茬。我简直觉得这个地方一天也不能待下去，一天都不行了，我受不了了。当时那个水还带着冰茬，让我洗个脸。我顺便问了一句，我说：“你来多久了？”他说：“快两年了。”快两年了？他乐呵呵的，我给他敬礼，我说：“你是英雄。”了不起，他姓熊，四川人。

哎哟，我才真是感到，一个人，看你是什么心态，这跟主动和被动没有大关系——我觉得就是投入，你专注地做这件事情了，其他的一些客观的事情都可以不计。我后来 18 天到了拉萨，我能打篮球了，完全适应了。我们六个人，他们五个人身体都不合格，就我一个人带着他们六个人的任务，我一个人去的，1964 年。我觉得真正是这样投入、专注地做这件事情。

蘭竹争妍
板橋燮畫

孟浩然《春晓》

春眠不觉晓，处处闻啼鸟。
夜来风雨声，花落知多少。

说到田园诗，我想说一下孟浩然。他和王维齐名，他的诗很大一部分都是田园诗。孟浩然的诗风，在《春晓》这四句里表现得很充分。“春眠不觉晓”，我们每个人都会碰到，春眠，早晨睡到自然醒，都不知道天亮了，他过得非常舒服。“处处闻啼鸟”，听到窗外鸟叫，喜鹊、麻雀的叫声都很美。

“处处闻啼鸟”，他的联想好极了，一下子想起一个清早，非常安详，天气转晴。“夜来风雨声”，昨夜又是风又是雨。“夜来”，就是昨天晚上，今天山西方言也还说“夜来”，这是唐朝留下的语言。“夜来”，有一种回顾的意思，加重了诗中的感情色彩。“花落知多少”，诗人的心总是慈悲的、善良的。漫山遍野的花，被风雨吹打了多少，哪些零落了。到这儿戛然而止，给人留下无穷的思考。他说到鸟、拂晓的空气、夜来的风和雨，最后说了个和这些没直接关系的花，但给人的感觉是浑然一体，这些一起揉成了两个字：春晓。

我记得谷建芬还把《春晓》谱成曲子，许多孩子在唱，许多大人也唱。我认为，儿童歌曲最有童心的就是天真。其实儿歌并不都是给孩子写的，作者是抒发一种自己的情感，孟浩然就是这样。我最佩服的是，他在不经意间，很自然地流露出来的情感，并不是有意为之，不是刻意经营，也没有锤字炼句。这首简单而又没有任何雕琢的诗，成了千古名篇，一千多年来人们都忘不了它，这是多大的魅力啊！

孟浩然《宿建德江》

移舟泊烟渚，日暮客愁新。
野旷天低树，江清月近人。

孟浩然的山水田园诗基本上都取材于日常生活中的所见所感，往往即兴而发，看上去是随意点染，实际上句句都有很深的意境，可以说是自然平淡而意味无穷。

我认为，这首诗最妙的地方是第三句中的“低”，按照语法说，这是使动用法，就是说，因为旷野很开阔，满眼望去，全被天占据了，大地像被压缩成一条水平线，那些平日看起来很高的树木，这个时候仿佛被天压得很低很低，有一点让人喘不过气来的感觉。这也可能是，孟浩然想说，人和天相比，太渺小了，有那么一点无奈。

但转眼间，就使人眼前一亮。孟浩然眺望远方，愁思越来越愈浓的时候，再收回目光，他突然发现，原来身边的水面还有一轮明月离自己那么近。这一轮明月，好像让他的思路渐渐明朗，心里的忧愁慢慢地散开了，也许明月清风才是自己最终的归宿吧。

孟浩然的山水田园诗大多是这样情景交融、融情于景。其实这也是盛唐山水田园诗的一个主要特点，有人说是“一切景语皆情语”。也就是说，诗人笔下的山水自然景物都融入了诗人自己的主观情感。情和景的关系，不仅仅是互相的衬托，更是一种自然清新的融合。还有就是，素淡的白描手法、类似水墨一样的渲染风格，以及动静结合、点面结合等等也是山水田园诗的主要特点，这些我们在王维的诗中也可以看到很多，比如大家都熟知的《鸟鸣涧》和《山居秋暝》。在诗人的笔下，自然山水是他们的朋友，人和自然、情和景的契合交融达到很高的境界。可以说，中国的山水诗到了盛唐，已经走向了完美和纯熟。

“诗中有画，画中有诗”，这是苏轼说王维的。其实孟浩然的诗，好像也有这样的意境。大家有没有看过赵孟頫的一幅画《水村图》，是一幅水墨山水，画的是赵孟頫朋友隐居的地方，江南水乡的小景，远处是山，沙丘低峦，近处一片水边风光，疏树荒村，渔舟出没，水色苍茫，掩映着茅舍，似乎和远山遥遥相接，远山和近处的房舍、树木都在烟雨之中。

仔细看，那幅画中毛笔与纸面接触的痕迹特别疏松而轻盈，真的是从心所欲，这也正好是中国文人淡泊和优雅的内心世界的投射，真可以说是如歌如梦。

石如叟
竹如孫
或老或
幼皆可人
板橋

王维《相思》

红豆生南国，春来发几枝。

愿君多采撷，此物最相思。

“红豆生南国”，这句话很普通，说实话，诗人只是表明红豆的出处而已。“春来发几枝”，平易得很，和“当春乃发生”一样，其实就是这个意思。精彩就在于最后两句，“劝君多采撷，此物最相思”，他的感情全在这个“最”字上，一下子就让红豆成了相思的一个别名了。于是，就有曹雪芹后来的“滴不尽相思血泪抛红豆”，《红楼梦》里的许多相思诗句，都和这首诗有关系。

《红豆》在王维的作品里，并不是太起眼的，因为他的名作还有很多很多。对王维，我一开始没那么崇拜，我一开始崇拜的是李白、杜甫，诗仙、诗圣。后来读书读到一句话，说李白是天才，杜甫是地才，天地人，还有一个人才，就是王维。

我小的时候，就唱过《红豆》的曲子，但那是曹雪芹的词。那是民国时代了，那时中国没有什么人写歌词，流传的全是民间的，找不到作者。后来有了刘大白、李叔同、胡适之等，但还是很少。主要是就是人们还不太习惯这个唱法，更多的习惯是把外国歌曲拿过来翻译。但民族的流行歌曲还是有，其中之一，就是《红豆》。

那时候是中国音乐的启蒙年代，黄自和李景辉等人回国之后，歌词创作有了很大发展。到了 1937 年抗战，咱们一些老前辈投身到这个抗战的洪流里头，歌就多起来了。到后来我们长大了以后，在那个革命年代里，会唱许多许多歌了。《红豆》在这个过程中，多次演绎和翻唱，一直到现在的邓丽君和王菲等，成了歌坛上的名曲。

红豆，表示相思的意思，是相思的代名词，到现在它一直活在人们心中。它的创始人已经离我们很远很远了，但他的创作成果一直在我们的生活当中。

王维《送元二使安西》

渭城朝雨浥清尘，客舍青青柳色新。

劝君更尽一杯酒，西出阳关无故人。

王维除了山水诗之外，很有名的就是他在陕西写的几篇送别诗，也可以算作是边塞诗，有一种苍凉的感觉，也是流传千古的好诗，我非常喜欢。当时王维送客，诗的名字是“送元二使安西”，元二是他的朋友，排行第二，所以别人叫他元二。安西，就是安塞西，在居延海那边。他写这首诗，没想到流传千古，也没想到它现在成了《渭城曲》。这首诗并不是写田园的，可见王维有很丰富的内心情感。

在渭城送客，那时候，从长安城到渭城，要走一天路。我陪着你，送你走，一路走到渭城那儿。住一宿小店，第二天早上起来，折一枝杨柳枝，送您上马慢慢走，就是这样。

为什么要写朝雨？一场小雨，雨来的总是时候，把沙尘和雾霭都压下去了，就是浥轻尘，透亮，长天一碧，很漂亮。“客舍青青柳色新”，这柳枝刚出来不久，可见这起码是仲春，就是那个时候，折柳送客。临走的时候还带着酒，“劝君更尽一杯酒，西出阳关无故人”。我一说到这儿就特别动情，这个感情，我觉得，送别诗，我最感动的就是这首。诗人的感情深藏不露，他一点没说出别的，您保重、您一路珍重、您一路走好之类的话，什么都没说，就说了一个：“我不能跟你一块去了，您到那儿，西出阳关无故人。”这首诗当时就流传了，大人小孩都会，就像我们今天的《驼铃》《送君送到大路旁》《十送红军》等。当时几乎所有的酒席宴前都要演唱这首诗，伶人们反复轮唱，就成了后来的《阳关三叠》。

我去过阳关，到过大漠深处的马兰基地，那里有一大批为了民族的命运、为了国家献了青春献子孙的科学家，搞“两弹一星”，为国扬威，可是谁也不知道他们。我写了一首歌词，后来谱了曲，传唱开了。我说，西出阳关无故人，不对，西出阳关有故人啊，朋友，我们的心在一起的。每次唱这个，全团的科学家都流泪了，我也流泪，和他们一起流泪。

王维《使至塞上》

单车欲问边，属国过居延。
征蓬出汉塞，归雁入胡天。
大漠孤烟直，长河落日圆。
萧关逢候骑，都护在燕然。

王维的另外一首诗，我觉得也是了不得的，就是这首写大漠风光的《使至塞上》。其中我印象最深的就是“大漠孤烟直，长河落日圆”。就这一竖一横，我觉得太了不起了。我一走到大漠，走到玉门关、嘉峪关市那边，往敦煌那边走，到鸣沙山、月牙泉那一带，就马上自然而然地背出他这两句。“大漠孤烟直”，一片黄沙漫漫，看不到边，什么都没有。我在那里捡到过古代留下的箭镞，就是弓箭的头，就好像“自将磨洗认前朝”。

“大漠孤烟直”，孤烟，可能是指烽火，敌人入侵，就点烽火报警，就像抗战时候的鸡毛信、消息树。可是我又怀疑，怎么可能就只有一个烽火台冒烟呢？按道理说，只要有一个点了烽火，后面的马上就跟着点了，我始终没搞明白。我虽然对此保留疑义，但我觉得这个景很美。大漠孤烟直，说明没风，要是稍微有点风，烟就直不了，唯有这个“直”字才使这个景非常漂亮。“大漠孤烟散”就没劲了，“大漠孤烟飞”也没意思了，“大漠孤烟淡”等等，你想不出别的字来了，非得“大漠孤烟直”。

后来我听到一种解释，叫尘卷风，还不像美国的龙卷风，龙卷风是吸的水起上来，尘卷风咱们应该懂，就是沙尘暴那个尘，就是地面上，它是沙子太多，灰尘嘛。白天，热气上升，地表这个热度起来，它就往上走，没风，它就卷着沙尘一起向上走，离老远看就是这个感觉。这是气象学家说的，我觉得合理。“长河落日圆”，后人写过若干次，我觉得没人写过他，他们试图改这个字，“长河落日红”，“长河落日浓”，“长河落日淡”，“长河落日停”，想了多少字，没有一个字比得上这个“圆”。

“直”和“圆”，这两个形状本身对比很强烈，颜色上对比也很强烈。其实这个长河不是黄河，居延海有一条黑河，现在已经没有了，当时水很大，流经好几百里。沙漠中的河，水蒸气弥漫，阳光一照，像是有一层雾，笼罩着一层水气，这个我亲眼见过。

王维《山居秋暝》

空山新雨后，天气晚来秋。
明月松间照，清泉石上流。
竹喧归浣女，莲动下渔舟。
随意春芳歇，王孙自可留。

王维是山水田园诗一派的开拓者，他姓王名维，字摩诘，这有个来历，他妈妈是个虔诚的佛教徒，给他起了这个名字。佛教里有一个菩萨叫维摩诘。王维的名和字，就是这三个字。维摩诘是个居士，得道多年，是一个很成功、很成熟的居士。他时常逢凶化吉，给人带来平安顺利。王维是个仕家子弟，他也很成功，他的名和字也反映了家族对他的期望。王维从小在这样的氛围里长大，他本身对佛、对世外和隐居有着一种天然的亲近。但他也脱离不了当时的大环境。在年轻的时候，他也曾想要博取功名。

王维是个天才，既是诗人，也是音乐家，还是画家。王维在书画界开创了自己的一个领域。著名的《富春山居图》属于水墨山水，水墨山水的宗师就是王维。水墨山水，不同于青绿山水，也不是金碧山水，它是不着颜色的，就靠墨的浓淡来表现。浓墨、淡墨，“不要人夸好颜色，只留清气满乾坤”。这一派在唐朝大为流传，到宋元集其大成。现在我们所看到古人的水墨山水都是从这儿来的，王维是了不起的画家。

王维的音乐才能到了什么程度呢？讲个小故事，这是从一本唐代传奇《集异记》来的，也可能是当时流传的一个段子。王维 15 岁的时候，父亲去世了，他是家里的长子，为了家族的利益，他从老家蒲州，也就是今天的山西永济，来到长安应试，他当时是很思乡的，“遍插茱萸少一人”就是那时写的。他听说有个诗人张九皋通过公主的途径，得到了取殿试第一的许诺。那个时候的科举还不严格，考试通过了，还需要名人或有影响的人来引荐，但引荐主要还是看才能，其实有点像现在的面试，不过是私下进行而已。王维就托了好朋友岐王李范来帮助。岐王是玄宗皇帝的弟弟，也是个音乐爱好者，他想出一个办法。岐王让王维抄录好清新风格的诗作十首，再让他把一些琵琶曲练习熟练。几天后就带他去见公主。那天，岐王带着一批伶人去为公主演节目，他为王维精心打扮，把他装扮成伶人，让王维在显眼的地位表演。王维出众的相貌和优美的舞姿果然引起了公主的注意。公主连忙问岐王这位是谁，岐王含笑回答："知音者也。"公主听出话外有音，赶紧命人取来琵琶来让王维弹奏。王维胸有成竹，弹了一首新曲《郁轮袍》，一下子把全场都给镇住了，满座宾客无不动容。岐王又进一步介绍说："此生非止音律，词学亦无出其右。"王维就立即送上事先准备好的诗作，公主读完，非常吃惊，说："这些皆我平时吟诵者，原以为古贤佳作，乃子之为乎？"真的是你写的吗？公主即刻让王维换下伶人的衣服，请到上座，当公主听说王维也是来京赴考的举子时，马上说："此等才华横溢之士不登榜首，更待何人？"

还有一个传说，有人画了一张画，画的是一个乐队在演奏。王维上前一看，立即说，画的是某个曲子的第三叠第一拍。画家不信，马上把伶人组织起来演奏，果然到了第三叠第一拍就是这样的。那个手的姿势、手指的位置全都一样，这充分说明王维的音乐才能。这在今天，也只有祖宾·梅塔、小泽征尔等大指挥家才能做到。有诗云，"曲有误，周郎顾"，王维的这个才能不输于周瑜。王维多才多艺，我非常佩服。

话说回来，王维最重要的还是山水田园诗，代表作就是《山居秋暝》。"空山新雨后，天气晚来秋"，我特别佩服这句。这个"秋"字是一个名词，在这里变成了一个动词或形容词。天气晚来，到秋天了，凉爽了。空山，说的就是他所在的山或是田园，不管有多大，是空的，他自己的心灵也是放空的。新雨后，新下了一场雨之后，“天气晚来秋”，是初秋的傍晚，接着，“明月松间照，清泉石上流”。就这十个字，景致马上就出来了，咱们可能都看到过这种景色，晚上月亮一出来，透过林中松树的叶子，稀稀拉拉地照过来，松间照，在松树林当中，月光透了下来，清泉在石头上这么流过来，从大石头、小石头上流过来。这就像一幅山水画，画里画外都给人带来了非常大的想象空间。我特别欣赏“明月松间照，清泉石上流”这一句，一个非常生动活泼的，同时又很安详的，用现代的话来说非常和谐的一个画面，他用十个字就摆出来了。

“竹喧归浣女”，浣纱女在浣纱回来的路上说说笑笑的。“莲动下渔舟”，眼界扫过来，那个莲叶和莲花在那里动，为什么？因为底下有一条渔船，打鱼的渔夫也回来了，时间都是傍晚。他这首诗妙就妙在哪儿呢？浣纱女的说笑和莲叶的动，使读者并不感到喧闹，仍然感到是静的，因为诗人的心是静的，诗人的眼睛里看见的是一个很安静的场景，他的脑海中也体现了一种静。“蝉噪林逾静，鸟鸣山更幽”，许多人听到蝉噪，知了叫，就烦，但诗人是知了越叫，显得这个林子越安静。鸟飞过去，鸟鸣，显得山更幽更深，你说有多妙？它的动静结合得那么好。“竹喧归浣女，莲动下渔舟”和“蝉噪林逾静，鸟鸣山更幽”有着异曲同工之妙。后面“随意春芳歇，王孙可自流”，我觉得都不如前面的句子给劲。

读一读这首诗，我觉得内心里会得到一份安静。我感到他的诗里，对于这方面景致有时候有一种说不出来的感情，那就是静静地欣赏大自然的那种心态。好的作品都是这样的，就是自己心很踏实、很安详，这样至情至性的文字就能流露出来。

王维《鹿柴》

空山不见人，但闻人语响。
返影入深林，复照青苔上。

“空山不见人”，这个场景我们日常生活中也经常能碰到，唐诗里面也有许多这样的场景，意蕴很深，比如“松下问童子，言师采药去，只在此山中，云深不知处”。这给你一个很强烈的悬念。“空山不见人”，用词用得非常漂亮。漂亮在哪儿呢？“但闻人语响”，只听见有人说话，但看不见人。这个“人语响”在某种时候是非常有用的，使你没有恐惧，感到有同伴。我并不需要知道你是谁，我也不知道你在哪儿，这些都不要紧，咱们都在这个山里头。这里面有一种什么样的感觉呢？就是虽然我们不在一起，有距离，很遥远，但是我们的心在一起，贴得很近。

我觉得徐志摩的诗受到了这方面的影响，“轻轻的我走了，正如我轻轻的来”。我觉得这就是知识分子，情感特别丰富，谈恋爱的时候，写一首诗，能征服女孩子的心，但条件是你得写得好。“轻轻的我走了”，轻轻的，悄悄的，不能说“重重的”，这是一种潇洒，徐志摩是很潇洒的，他是个非常了不起的诗人，对中国的新诗起了很大的作用。他有才，也是个挺可爱的人，很执着，也很性情中人。我特别喜欢他这一句“悄悄的我走了，正如我悄悄的来；我挥一挥衣袖，不带走一片云彩”。给我一种很好的联想，洁身自好，无所求。这种感觉上，有点像“空山不见人，但闻人语响”。使得你神往，产生很多联想。

这句诗，也告诉我们诗不是离生活很远，而是就在生活里，生活到处都是诗。一个人会背一些诗，知道一些诗，不仅仅是说话需要，更是性情需要、感情需要和修养需要。什么叫修养？我认为，修养即尊严。你有修养了，人们会尊重你。修养包括学养、素养、涵养等。你的尊严从哪儿来？就从这儿来。像王维这样，他一说“红豆生南国”，一说“空山不见人”，人们就愿意接近他了。

祖咏《终南望余雪》

终南阴岭秀，积雪浮云端。
林表明霁色，城中增暮寒。

祖咏这首诗，实际上是诗意与规则之间的碰撞。

“终南阴岭秀，积雪浮云端。林表明霁色，城中增暮寒。”这是在科举考试的时候写出来的。唐朝的进士科考试里面是有严格规定的，那就是，你必须要是五言诗，这是其一。其二是，六韵十二句，要有这样一个规模。其他的还有一些规则，首先要破题，然后要起承转合，结构上有很严格的规定。其三就是在韵，押韵这一方面，考官有时候要限定一个韵脚，比如说终南望余雪，当时的考官是规定要限这个“南”这个韵。

但是我们看到祖咏，他完全打破了这个体例上的要求。

最明显的就是，他写的这首诗和科举考试要求的六韵十二句不一样，他只写到了三分之一，四句。这可以说是对唐朝科举考试规则的一个颠覆。当年这个祖咏把这首诗写完了以后交卷的时候，主考官还问他，你这个不符合规则，但是祖咏只说了两个字“意尽”，就是我的意思表达完了。

终南山，在长安的西南，祖咏在长安望终南山的时候，他看到的是终南山的北部，也就是背部，所以他首先是破题，题目是叫“终南望余雪”，终南出现了，“终南阴岭秀”，这是破题。

第二个，题目里还有雪，于是第二句说“积雪浮云端”。从应试诗来说，开头的两句，它是非常符合唐代科举考试诗歌的规则的，就是首句一定要破题。接下来两句，是被历代文人所激赏的两句，“林表明霁色，城中增暮寒”。他是站在长安城里面望终南山，是遥望，并且是雪正在化的时候，而不是白茫茫大地一片，茫茫苍苍的那样一种被覆盖的感觉。雪在化，所以终南山上的那一些树木，那一些岩石，以及一些小的村落，白屋子都露出来了，这样他似乎就感觉到视野广阔，能见度显得非常清晰。

在大雪过后，天气变晴朗了以后，天空显得非常辽阔，而人的感觉又是非常清冷。在城市里面——当时的长安城是一个国际的大都市——那种熙熙攘攘，那种热热闹闹，可能使祖咏感觉到有一种温度。但是他遥望的远处，终南山，在化雪以后，显得特别得冷。更重要的是，祖咏，他不是在传达一种冷，而是看到了远方的那样一种明秀。所以诗里面说“终南阴岭秀”，这一首诗我觉得，祖咏是在表达他看到景物后内心的一种明秀，明亮、秀丽。这是盛唐时期的一个文人，对于外在自然景观的一种观照和感悟。

当然，作为一个进士科考试的学生，他的未来还没有展开。但他在这样一种严冬之际，在化雪之时，能够感觉到一丝寒意，这可能是一个异乡人来到都市以后，他在城市里面所体味到的一丝寒意，这也有点像我们今天的年轻人来到大城市，刚刚开始自己的生活，也可能感觉自己还没有完全融入这个社会，就是这样一种有点生涩的感觉，这就是这首诗的基本内容。但是这首诗在历史上，在文学史上或者文化史上最大的意义就在于，它对于传统的进士科考试，是在形式上的规范的一种突破。别人要求十二句，他就写了四句。——“你干吗不写完?”——“我的意思表达完了”，这是他的一个突破。第二个突破就是我们前面讲到的，规定要压“南”这个字的韵，这个字应该出现，但是他只有四句话，这个字没有出现。就是所以从体制上、规模上、押韵上，他都是突破。这种突破，正呼应了我们前面讲的，唐朝真的就有一种文化自信和文化自觉，祖咏写这首诗就是文化自信的一种表现。他有一个很开放的文化心态，虽然是关乎到科举考试，人生大事，自己未来职场的走向的这么一个考试，但是祖咏他敢于用四句话表达出来，然后就交卷了。

祖咏虽然落榜了。然而，这首貌似不成功的应试诗《终南望余雪》，却成了祖咏的代表作，一直流传至今。这首诗在历史上非常有名，它也入选了《唐诗三百首》。

钱起《省试湘灵鼓瑟》

善鼓云和瑟，常闻帝子灵。
冯夷空自舞，楚客不堪听。
苦调凄金石，清音入杳冥。
苍梧来怨慕，白芷动芳馨。
流水传湘浦，悲风过洞庭。
曲终人不见，江上数峰青。

在唐朝的科举考试诗里面有两首非常著名的诗歌，一首是祖咏的《终南望余雪》，另一首就是钱起的《省试湘灵鼓瑟》。

唐朝的诗歌非常的繁荣，两千多位诗人，将近五万首诗歌，这是在《全唐诗》里面是有记载的。在这些丰富的诗歌当中，有一种独特的类型，就是参加科举考试的那些青年学生，他们在考场上作的诗歌，其实《全唐诗》里面也有。有人统计过，关于唐代的进士考试所流传下来的诗歌有五百多首，但是我们今天，因为《唐诗三百首》的关系，我们都知道有一个祖咏的《终南望余雪》。那么可能再对文学有一点热爱的，就知道还有一个“大历十才子”，钱起写过一首《省试湘灵鼓瑟》。

要说这首诗，就要先讲一些唐代科举考试考写诗的背景。为什么古代科举考试的时候要考诗歌？有一个俗语叫“以诗赋取士”，实际上这句话主要是针对唐朝而言的，并不是每一个朝代都是以诗赋取士。我们大家都知道，科举考试从隋朝诞生的时候，它是偏向于这种经术，经就是四书五经的经，术是学术，经术。所以在唐朝开始建国的五十年的这样一个时间里面，这种经术表现出来一种考试的形式就是考策，策论，对策。就是你作为一个考生，对于历史，对于当世之务应该有一个现实的对策。

唐朝开国五十年间，考试的主要种类是策。

但是后来为什么发展到了以诗赋取士，这个还要从一个女性说起，就是唐朝的皇帝，女皇帝武则天，她当政了以后，为了打压原先的关陇旧贵族，改变重视经书的导向，她要培植自己的政治势力，所以她要找一种新的工具，这就是“词采文章”。关于这一点，陈寅恪先生有很多的研究，基本的一个说法就是，武则天其实从高宗时代开始，特别是到了自己当政以后，采用了一种以文学、诗赋的形式来选拔国家的官吏，这种方式是为了培植自己政治的新势力。

武则天执政以后，她重视词采，这是政治博弈的产物。也就是说以诗赋取士这样一种现象的诞生，它是和武则天与李唐王朝的政治博弈有关系。到了宋朝的时候，王安石就很反感这一点，他认为科举就是为国家选拔各级官吏，为什么要特别重视诗和赋这样一种文学才华呢？应该重视实干能力的培养，所以他有一些“拨乱反正”。但是到了明清的时候，就完全抛弃了诗赋，纯粹回到了四书五经。中国古代科举考试的时候，在很长一段时间，而且主要是在唐朝三百多年的时间里面，以诗赋取士。

武则天当政之后，她逐渐重视诗赋。当然这个过程很复杂，在最开始的时候可能某一年科举考试，主要是进士科，可能专门考赋，而不考诗，有的年份可能就考诗，而不考赋。越往后走，就开始两者合拢了，就是诗和赋同时考。我们在学术史上一般就认定，到了武则天后期的时候，科举考试对诗和赋同样非常重视，将诗赋作为选拔官吏的主要科目。这个考试主要是在进士科里面，而在别的科目里面，比如民经科就不太重视。进士科重视诗赋，在当时的社会上，进士出身的人的社会地位非常高，因为他往往是这个国家未来的高级官吏。有天分的、有理想的青年知识分子，都会去选择走上进士科这样一条考试道路。

我们可以想一想，我们今天全国高考，每年招生都是几百万。但是唐朝，平均每一年进士录取的人数只有五个人左右。这样选择起来的人确确实实是国家的精英栋梁，于是全国各地的那些精英、知识分子，都纷纷走上考进士科这一条路，非常重视诗歌和词赋的创作。

唐代的知识分子，到了武则天以后，这样一个时期，他们对于诗歌和词赋这样一种文学样式的重视，我觉得是反映了在唐朝一种开放的文化心态，是一种文化自信的表现。因为以前的科举考试从隋朝到唐代初年，都是在考四书五经，明清时期也一样，考经书，考历史书，重视对现实政治的关怀，为现实政治服务。但是武则天把这种导向做了改变，要求全国各地的知识分子都去写诗、写赋，那么你必须要大量阅读诗歌和词赋。就像我们今天说高考是一个指挥棒一样，当时这样一种进士科侧重于诗赋，无疑对整个唐代知识分子有所影响，让他们在平时知识积累的过程当中，重视诗赋，而稍微对传统的经书有所忽略，这是很正常的一个事情。所以从这个角度来说，武则天时期以诗赋取士，重视诗赋，是一种文化开放、文化自觉的表现，对我们今天来说，应该还是有积极意义的，就是在全社会营造一种人文素质的培养气氛，一种人文关怀，培植一种人文的精神。我想中国在未来的文化建设过程当中，在这一点上已经开始显露端倪，人文精神也会是我们国家、我们民族实现伟大复兴的一个很重要的支柱。

现在我们来说钱起的这首《省试湘灵鼓瑟》，首先要介绍一下省试，这个省不是我们今天说的河南省、河北省，这个省是尚书省，唐代的进士科的考试，开始是由吏部，就是管理官员的部门，相当于我们今天的组织部、人事部这样一些职能部门来组织考试的。但是后来随着武则天时期对诗和赋的重视，有的官员就认为，由吏部来主考这个不行，显示出对诗赋、对进士科考试的重视。于是他们就建议由礼部来主持。所以礼部在哪儿呢？礼部在尚书省，所以这里说的省试，是指尚书省的礼部。所以我们今天在《全唐诗》里面可以看到很多科举考试的诗歌，题目就冠以“省试”，比如《省试湘灵鼓瑟》，也有的冠以“礼试”，就是礼部试。

这一首诗很有说道。湘灵鼓瑟，是一个典故，是讲到屈原在《离骚》和《九歌》里面提到的两个人物，一个是湘君，一个是湘夫人，他们是湖南的湘水里面的一对配偶神。这是神话传说当中的，楚文化体系里面的两个神灵，屈原在自己的作品里面反复地咏赞湘君和湘夫人。

湘君和湘夫人是什么人呢？这也有一个传说，就是传说中的尧舜故事。舜娶了尧的两个女儿——娥皇、女英，舜因为南巡，经常在全国各地到处走，长期不在家。娥皇、女英思念他，就去一起寻找夫君。最后找到了今天的湖南，在苍梧这一带，然后死在了那儿。死了以后，这一对姐妹就化作了湘水女神。后来这神话不断地流转，娥皇、女英从湘水女神，演变成了一对配偶神，就是湘君和湘夫人，在《九歌》里面，屈原就做了这样一个改编。

说到这个题目的时候，就涉及唐朝科举考试的命题。以前的科举考试，命题无非就是从中国传统的儒家经典里面寻找一些典故、素材来命题。但是我们看到，到了钱起这个时候，也就是到了大历年间，中唐时期，随着科举考试的进一步完善，在进士科考试里面越来越重视诗赋问题，他们在命题范围上面就更加宽泛了，敢于从楚辞里面去挖掘这样一些典故，来作为命题的范围。这同样说明了，唐代在科举考试选拔官吏层面上的一种文化自信。因为像楚辞这样一种诗歌的类型，包括小说这样的一些文体，在传统的礼乐文明、儒家文化的思想体系里面，是不大被看重的。屈原的诗天马行空，浪漫，有各种各样的奇思妙想，这和孔子所说的“子不语怪力乱神”是有所差别的。这应该说是一种思想的开放，是一种文化自觉、文化自信。

这就说明了唐王朝确实有一个开放的文化的心态。它在科举考试的时候，选择楚辞里面的一些典故来作为考试命题。所以我觉得这首诗里面，最值得我们思索的是这样一种命题的选择，它所体现出的一种文化心态。

另外，我注意在这首诗里面，出现了两个曲子，一个是《高山流水》，一个是《悲风》。然后又出现了两个人物，一个是冯夷，一个是楚客。实际上这首诗里，钱起他一直在听音乐，湘君、湘夫人，或者是娥皇和女英，或者是这个湘水的配偶神，他们在弹奏瑟，在鼓瑟。鼓瑟鼓的是什么呢？鼓的是《高山流水》，我们都知道《高山流水》，秦曲里面也有，也有这样的瑟曲。那么这种曲子，它就是在寻知己。《悲风》也是一首曲子，但今天失传了，我们今天不太清楚在音乐史上的《悲风》，它是写了一个什么样的内容。但是《悲风》《高山流水》，我想它们和冯夷，和楚客，也就是屈原，这两个人物关联起来，无非就是在寻找一种知己、一种知音。

屈原选择自杀，是因为在楚国的王朝里面，确实没有和他志同道合的人，他是一个孤独的人。无论是楚怀王，还是那一些奸佞小人，没有一个可以和他成为知己，连志同道合者都不算。屈原有自己的悲凉，冯夷有他自己的悲凉。

因为钱起是“大历十才子”，经历过安史之乱的这一批青年知识分子非常有才学，但是国破家亡的这种社会变乱，击碎了很多青年知识分子的一些梦想。他们始终处在一种漂泊、游走江湖的姿态，在这样一个生命历程当中，他们内心里面迫切需要有一些知己。他们要让这首诗歌，应该说将主题通过“湘灵鼓瑟”这样一个神话传说典故，经过屈原改造过的《九歌》里面的一些神话典故和历史人物，来表达一种寻觅知音的情绪。而这种情绪应该说是非常悲凉的，它和《古诗十九首》里面所讲到的那种寻觅知己的感受应该是一脉相承的，这是唐代人在这一首诗歌里面所表达的。

钱起的这首诗比较长，它比较符合常规，特别是符合当时科举考试的规定，是一首中规中矩的好诗。唐代科举考试中出了两首好诗，一首是符合规定的，另一首是突破规定的，两首都是好诗。比如说“破题”，湘灵鼓瑟，他第一句就说“善鼓云和瑟”，瑟出现了，“常闻弟子灵”，湘灵出现了。所以说，第一句，和祖咏的那首《终南望余雪》一样，首句一定要破题的。钱起的这首诗是一首很完备的诗歌，就是六韵十二句，它中间的起承转合，它的用典，一直用到最后。“流水传湘浦，悲风过洞庭”，余音袅袅，在这种悲凉的意绪当中，好像是作者内心深处散发出来的寻觅知音而不得的情感，滋生了这样一种悲凉的意绪，在寒风之中随风飘散。

“曲终人不见，江上数峰青”，令人回味无穷。这最后一句是最为中国人所熟知的一句诗，说到这里还有一个小典故。据说这个钱起进京赶考，他在一个旅店里面住着，自己在客房里面读诗背诗，外面月色苍凉。这个时候，突然好像天空里面有一种声音，在吟诵着一句诗，就是“曲终人不见，江上数峰青”，他一下子就觉得这句诗非常好，然后立即起身，走出户外，来到庭院当中，想去寻觅这样一个高人，但是始终找不到。他非常感慨，然后就进京赶考，这样信心满满地参加科举考试，在自己这首诗里面，最后就用上了这一句，好像是冥冥之中有神灵赐予他的一句诗，作为这一首诗歌的一个结尾，就是起承转合的合这一句，“曲终人不见，江上数峰青”。

后来有人，也是当时的考官，在评价钱起这首诗的时候经常说，这首诗的好处不完全是前面那些用典，比如冯夷和楚客，以及作者本人的那种寻觅知己的悲凉意绪，更主要的是结尾的这一句他写得好，“曲终人不见，江上数峰青”。就是当湘灵鼓瑟，这样一种反反复复地诉说自己内心，寻觅知音的那种执着、那种悲苦，而最终不得的时候，在钱起看来，湘灵鼓瑟之后，这个曲子已经弹奏完了，但是神灵看不到，所要寻觅的知音也看不到，只看到大江两岸，这些清秀的山峦伫立在那儿，亘古如斯，非常威严，他们根本没有领会到湘灵通过鼓瑟这样一种形式所传达出来的那种悲凉，没有被打动。所以这样就有一个穿越时空的感觉。寻觅知音，从屈原到《古诗十九首》，到中唐时期经历过安史之乱的钱起，这样一个纵观的历史线索，就是亘古如斯，说明寻觅知音非常的难。

这首诗，从内容上来说，传达的是这样一个基本的意绪，而最华彩的乐章在最后，“曲终人不见，江上数峰青”。历史上有这样一种现象，就是有一些诗人，他的一首诗在文学史上奠定了他的地位。比如张若虚写的《春江花月夜》，张继写的《枫桥夜泊》。而对钱起来说，可能就是因为这一句诗，“曲终人不见，江上数峰青”，奠定了他在文学史上的地位。

高适《燕歌行》

汉家烟尘在东北，汉将辞家破残贼。
男儿本自重横行，天子非常赐颜色。
摐金伐鼓下榆关，旌旆逶迤碣石间。
校尉羽书飞瀚海，单于猎火照狼山。
山川萧条极边土，胡骑凭陵杂风雨。
战士军前半死生，美人帐下犹歌舞！
大漠穷秋塞草腓，孤城落日斗兵稀。
身当恩遇恒轻敌，力尽关山未解围。
铁衣远戍辛勤久，玉箸应啼别离后。
少妇城南欲断肠，征人蓟北空回首。
边庭飘摇那可度，绝域苍茫更何有。
杀气三时作阵云，寒声一夜传刁斗。
相看白刃血纷纷，死节从来岂顾勋？

君不见沙场征战苦，至今犹忆李将军！

高适这个人的命运太好了，他生活在我们历史上最好的年代，他是公元 700 年出生，这一年正好陈子昂去世。他活了 65 岁，公元 765 年去世，是河北景县人。高适经历了唐玄宗、唐肃宗、唐代宗三朝，经历了初唐、盛唐和中唐开始的年份，你说他命好不好？而且高适这个人在唐代的文人诗人中最具典型性。第一个典型是屡次科举，高适一生中参加了三次科举考试。第一次是他 20 岁的时候，到长安去参加科举考试，他说“二十解书剑，西游长安城。举头望君门，屈指取公卿”，那是志在卿相，但是没有考上。

第二次是 33 岁的时候，唐玄宗下诏，让各地推荐贤能之人，赴京参加制考。制考是什么？唐朝的考试有常考有制考，常考就是像现在我们的学生似的，一年一次，有的两年一次，还有三年一次，这是常考。制考就是皇帝下诏，临时安排的考试。他去考试，又没有考上。

第三次是他 46 岁的时候，过了 26 年漫长的生活，然后经过宋州太守张九皋，也就是张九龄的弟弟推荐，又一次参加道科考试，这次考上了。但是，唐朝的考试不像我们现在有文科和理科。唐朝考试的科目有五十多种，我们说进士考试是最受重视的，考文辞诗赋。除此之外，还有明经、明算、明法、童子科、道科、孝科等等，那些科都不是很受重视。

道科是考什么呢？考老子、庄子这些，不受重视。所以高适是考上的道科，就是冷门的，不受重视的科。所以他有好多唐代文人的典型特点，第一个就是屡次科考。第二个，就是入仕谋官，高适46岁中道科，虽然是道科，但是考中了，你就要当官，就要给你分配，就像我们分配工作似的。但是高适这时候命运又很不好，他正赶上李林甫在当朝当宰相，李林甫是历史上有名的奸臣，口蜜腹剑，这个人极力排挤文人，生怕文人在皇帝面前指出他的奸诈，所以他对文人一律压制排挤。比如我们说他两件事，第一个是李林甫马料论，他对大臣说，你们看皇帝的仪仗的马，御马，在那里吃得膘肥体壮，毛色湛亮，为什么？就是因为这些马整天站在那里没有声音，它吃的是一等的马料。如果它叫一声，马上就把它踢出去，它就享受不到那个待遇。他说，你们大臣们，现在天子圣明，用不着你们说话，你们像那个马一样，闭上嘴就行了。第二个就是零录取。有一年唐玄宗下诏，也是制科，下诏说，咱们再网罗人才，发现人才，考试吧。李林甫当考官，又是当朝宰相。考完了之后，结果一个也没录取，杜甫就在这次考试中，杜甫也没有被录取。李林甫这家伙没录取人，他向唐玄宗就道喜了，说皇帝，我向你道喜。唐玄宗说何喜之有？李林甫说，天下的人才都被你笼络到朝廷了，没有了，没有遗漏的了，这次一个也没录取。

真是口蜜腹剑。所以对高适那么有才华的人，让李林甫给他分配工作，能安排好吗？给他安排到封丘县当县尉去了，唐代那个县不像现在我们这个县，所有的县都是正处级，唐朝的县是分了七等的。封丘县是第四等，而且封丘那个县尉是什么？就是一个小官，负责协助县令处理数务的那个杂官，是九阶，九品三十阶，低层的小官，所以高适当得很不得意。他说三十年谋一小官，他说“拜迎长官心欲碎，鞭挞黎民令人悲”。当了三年拂袖而去，不当了，这是第二个特点。

第三个呢，唐代的文人会干谒郊游，唐代的文人都有这个特点，一旦科举考不上，他就四处去漫游去，李白、杜甫、白居易、高适、岑参他们都有这个经历。他们漫游是为什么呢？一个是结交权贵，希望能够得到他们的推荐，第二个就是结交朋友，第三个就是领略自然风光，高适也有这个经历，三十年。第一次他 20 岁赴京科考没有成之后，他感到没脸回家，他说“许国不成名，还家有惭色”。回家惭愧，然后他就到了宋地，梁宋那个地方，就自耕自织，过起了漫游的生活，三十年漫游。

这个漫游期间有两件事我们提一下，第一件事在漫游期间，他和李白、杜甫他们相会梁宋那里，他们一起游览名胜，吟诗赋诗，也抒发怀才不遇之情，结交了深厚的友谊。所以很有趣的，历史上命运弄人，后来高适以节度使的身份讨伐李遴叛变的时候，李白就在李遴的幕府中当顾问。所以他生怕最后打败李遴的时候，士兵压着李白来见他自己，但是李白最后还是被俘了，这是第一件事。

第二件事，就是高适在这三十年北游期间，有一次到蓟北送兵的经历。高适为什么写边塞诗写得那么好，是因为他有两次到蓟州和幽州的经历，送兵就是其中一次。他到那里，实际上就是给安禄山送兵去，大约一年，就是在幽州，在大约现在的营口那个地方。所以他对边塞、边关战争的残酷，戍边生活都了解，他有深刻的反思，这是第三个特点。

第四个特点，他以诗人为荣誉，历史上说，有唐以来，诗人之达者，唯适而矣。就是诗人最显赫的就是高适，为什么？一是因为他在诗上取得了地位，二是因为他取得了一定的政治地位。他当过节度使，他当过刺史，这就是高适。

《燕歌行》是高适的代表作。高适有两次到蓟州和幽州的经历。第一次是在 731 年到 734 年，那时候他正在漫游，听说东北发生战事，他就前往。他曾见识于信安王李祎，他希望入幕来报国，但是没有被批准。第二次就是刚才我们提到的，到蓟北送兵，那是 751 年了。那么《燕歌行》这首诗的写作背景是在这两次北游的中间，大约在公元 738 年，东北守将张守珪，他的部下为了邀功请赏，私自向当时的一个小的少数民族契丹族开战，但是战败了。当时边将就把这个情况隐瞒起来，没向朝廷报告。但是后来朝廷也发现了，这个时候高适有个友人，从东北边塞回来，对高适讲了边塞的这种情况，也作了一首《燕歌行》。

高适以自己对边塞战争戍边生活的理解，借题发挥，作了一首《燕歌行》应和他。这首诗表达了对边塞战争的深刻反思，描写了边塞战争真实的情况，揭开了盛唐盛世那种华丽外衣掩盖下的深刻矛盾。应该说，在738年（安史之乱发生在755年），应该说高适还是有政治眼光的。

这个《燕歌行》被称为高适边塞诗的第一大篇，这首诗可以分为四段来欣赏，第一段就是前八句，是描写出征。第一首句就描写了战争的方位和性质，在东北。“男儿本自重横行，天子非常赐颜色”。好像貌似赞颂唐军躯国的那种威武的壮志，实际是暗含了后面的讥讽。“摐金伐鼓下榆关，旌旆逶迤碣石间。”你看也是描写了唐军出征时候的威武雄壮。但是你也能感受到那种将军不可一世的骄态，前八句从出城开始，层层递进，气氛也由舒缓到紧张。那么第二段呢，他就描写战争的危急，以悲凉的笔调，给人们呈现了一个黯然惨淡的画面。在悲凉寒苦的气氛中，我们唐军战士浴血奋战，坚决御敌，虽然死伤大半，但是仍然没有丢失打退敌人的劲头。但是在另一面，在将军的帐下，美人歌舞，纵情欢乐。这两个方面的鲜明对照，就把那种矛盾都给深刻地表达出来了。诗人对战士的牺牲奉献，给予了无限的同情，对将帅的那种腐败无能，给予了深刻的揭露。

第三段他接着就写战士的吃苦、苦寒，我们战士在那里虽然死伤大半，但仍然战斗。他们穿着铁衣在边塞战斗，征战日久，家里的思妇艰难度日，以泪洗面。更令人可悲可叹的是，战士看到的是没有胜利希望的战斗，他们的付出、他们的牺牲不会换来胜利的。回望家乡，战士们不知道还有没有归期，诗写到这一部分，就把悲凉的气氛推向了极致。你感到那种悲凉的气氛直穿心底，令人悲愤，也令人激愤。

第四段，最后一段就是综述全篇，慷慨淋漓，给人感慨无限。战士们那么牺牲奉献，但是他们是为了个人的名利吗？是为了个人的功勋吗？不是，他们是为了民族的利益，国家的利益。“相看白仞血纷纷，死节从来岂顾勋。”对战士的牺牲奉献给予了崇高的礼赞，诗人写到这里，发出了无限的感慨：“君不见沙场征战苦，至今犹忆李将军。”八百多年前在汉朝，在西北威振敌胆，跃马杀军的李将军是那样的体恤战士，我们现在有这样的将军该有多好？所以这首诗无论从艺术上、从思想上，成就都很高。所以被称为高适的第一大篇。

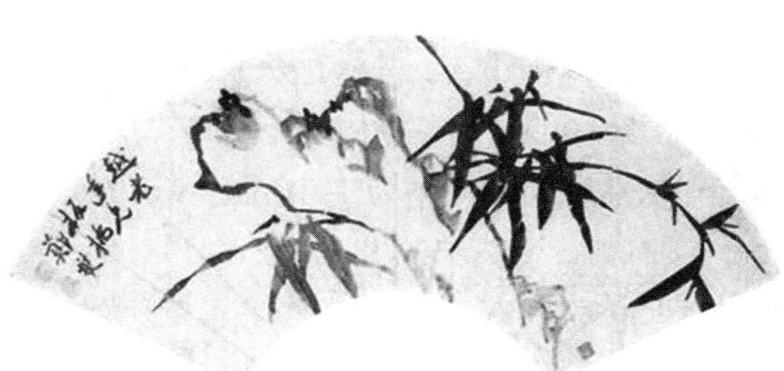

岑参《白雪歌送武判官归京》

北风卷地白草折，胡天八月即飞雪。
忽如一夜春风来，千树万树梨花开。
散入珠帘湿罗幕，狐裘不暖锦衾薄。
将军角弓不得控，都护铁衣冷难着。
瀚海阑干百丈冰，愁云惨淡万里凝。
中军置酒饮归客，胡琴琵琶与羌笛。
纷纷暮雪下辕门，风掣红旗冻不翻。
轮台东门送君去，去时雪满天山路。
山回路转不见君，雪上空留马行处。

古往今来，描写边塞景色的诗句不计其数。岑参的《白雪歌送武判官归京》恐怕是其中最为人所熟知的一首了。

岑参这首诗，是他最成熟时期的代表作品，也是他的代表作，千百年来，尽管这首诗很长，但是被人们所熟知。特别是“北风卷地白草折，胡天八月即飞雪。忽如一夜春风来，千树万树梨花开”，被人们所传诵。这首诗是岑参在754年，就是安史之乱的前一年，他在安西的北庭送他一个好朋友，叫武判官的回北京的时候所作的。这首诗为什么千百年流传呢？就说他的这首诗，他思想性、艺术性的成就，都非常高。

首先他描写的景色奇美，后人评价，岑参的诗在艺术上如果用一个字概括，就是奇，这首诗就是他的奇的艺术性的几种体现。你看这首诗是吟雪的，未吟雪先及风，从一开始就给你营造一个风雪交加、天气严寒的气氛。描写的这个白草，是西北的一种很结实的草，呈墩状，它抗风吹，抗伏倒的能力很强。但是这种白草都被吹断了，可见风很大。

北风，飞雪，应该是极其寒冷的，是寒冷天气对人的心灵的折磨。但是诗人呢，他没有将寒冷继续写下去，没有继续发展寒冷。他给你呈现出意想不到的气象景色，奇就奇在这里。仿佛一夜之间春天来了，漫山遍野的梨花开了，把令人生畏的北疆的寒冷天描绘成一种生机盎然的南国春色，给人带来一种非常美的享受。意境的向往，这是他第一个特点。

第二个特点就是描写天气奇寒。寒冷，他写得非常到位，你看这个简陋的房舍里，雪花都飘进来了，那些狐裘那些锦衾——锦衾是什么？就是绸缎、锦缎的厚的被子——在天气的寒冷面前，它们都是根本起不到御寒的作用。他这种描写，我是有直接的体验的。内蒙古北疆那边的边防战士，晚上睡觉戴着皮帽子，那个风卷着那个雪，顺着窗口、门口进去。听战士们说，早晨起床之后，就在被头和枕头接触的地方，都有一层雪。早上起来要用手轻轻地把被子推开，把雪推开才能起床穿衣。所以他这个描写是非常真实的。你说这个够寒吗？在诗中，这个寒还在继续发展。连有过战功的将军拉弓都不可控，不得控是什么呢？就是弓拉不准。都护，就是将军了，天职在身，不能脱下盔甲，要穿在身上。你想那么寒冷的天气，穿着盔甲，寒铁生光，再加上大雪，你读到这个的时候，都能感到身临其境，甚至冻得瑟瑟发抖，这是诗人在近处描写。

但是诗人又很快把目光拉向远方，你遥看远方，山谷、驿站、冰川，一片愁云惨淡，大雪连片，而且很快营门口又下起了纷纷的大雪，你说天寒冷不寒冷？寒冷到连那个营区的旌旗冻不翻，都翻不动了。现在的人可能不理解，为什么旌旗冻不翻，唐诗里头很多旌旗冻不翻，我们现在红旗那是绸子的，哗啦哗啦怎么冻它都会动的。过去那种旗帜，你去看，布制的，棉麻制的，很厚，一结了冰了，一打了冰以后，它确实就不能动了，所以冻不翻是这样，很形象，你说这种天气有多极寒？这是他的第三个表达的情感，非常生动。

封长清是中军元帅，官职二品，封疆大吏，威名赫赫。他要在帐中为一个小小的判官置酒送行，可见这种上下级的关系是非常融洽的，感情是深厚的。在送行的宴上，东南西北的乐器都合奏，载歌载舞，你也可以想象这种气氛是非常欢快的。欢宴过后，第二天早晨，岑参，这个诗人和朋友依依惜别于东门的门外。这个时候，山路弯弯，大雪漫漫，朋友远去的身影已经不见了，只见原野上留下一长串马蹄印。

这首诗情景交融，极富画面感，把送行的情感表达，描写得非常真挚感人，意味深长。所以这首诗在景色的描写上奇美，天气的描写上奇寒，情感上表达得非常真挚，而被后人所赞赏。

关于岑参的“参”字该读什么音，这个问题很有趣。到底是念 shēn 还是念 cān 呢？很有意思，很值得讨论。虽然是一个读音的差别，但是它反映了我们很多历史文化的现象。按照国学界和我们现在流行的读法，应该读 shēn。但是呢，按照考证起来，按照我们文学现象来分析，读 cān 比较合理。叶嘉莹先生有一篇关于杜甫写诗中的预想性的文章，她在这里面说，根据考证，岑参的参字应该读 cān，而不是读 shēn。

“参”字在《汉语大辞典》里头有多个读音，一个是 cān，一个是 shēn，还有 cēn，参差不齐的 cēn，常见的是这三种。在历史上，单名叫这个“参”字的名人有三个人，一个就是春秋战国时候的曾参，孔子的学生，“吾日三省吾身”，就是这个人说的。第二个就是西汉的开国功臣，继萧何担任丞相的曹参，“萧规曹随”的曹就是指的这个人。第三个呢，就是我们现在说的诗人岑参。历史上关于这三个人的名字怎么样读，都没有记载。

但是我们通过文化现象分析，应该读 cān 比较合理。有两点，第一个就是根据名和字的关系来判断。曾参，他的字叫子舆，舆就是舆论的舆，古人这个舆就是车辆的意思。乘车也叫骖乘，是一个马加一个参加的参字。这就是说，古人的名和字有一定的关系的，就是“名为字表”，他叫子舆，舆又是车辆，坐车又叫骖乘，所以根据这个关系，根据名为字表的关系，它应该念 cān。

那个曹参，就是西汉的第二任丞相，他的字念敬伯，敬和参拜意义相近，所以根据这个判断，他也应该念 cān。岑参的字，现在已经不可考了，但是岑参的哥哥叫岑况，岑况他是仿照儒家的荀况的名字，以荀况之名为名，他是崇拜这个先贤。岑参又是由于是他哥哥抚养长大成人的，他也可能有以先贤曾参之名为名的意思。另外，岑参在他的文章里也说过，说“我的先祖都参与公卿之位，我的家人也希望我如此，所以我的名字叫岑参”，这是第一个理由。

第二个理由比第一个还更有说服力。就是人名要出在与姓押韵的这个韵脚上，我们看这三个历史名人的名字是怎么样出现在诗里头的。我们先说曾参。他那个韵脚确实读 cēn。王安石有一首诗，就是关于他的诗：“留犁挠酒得戎心，绣袷通欢岁月深。奉使由来须陆贾，离亲何必强曾参。燕人候望空瓯脱，胡马追随出蹛林。万里春风归正好，亦逢佳客想挥金。”在这里头的 cēn 和 shēn 是同韵的，应该在这个韵脚上，曾参的“参”读 cēn，就是根据这个韵脚。那么我们看看曹参出现在韵脚上，他就是 cān 了。这里有一首词，苏轼的词，“置酒未逢休沐，便同越北燕南。且复歌呼相和，隔墙知是曹参。丹青已是前世，竹石时窥一斑。五字当还靖节，数行谁似高闲”，从这里又可以看出，南、参、斑、闲，都是压一个韵，至少说那个时候，应该认为他的名字读 cān。

那么我们看岑参出现在诗的韵脚上，也有一首诗，这就是唐代诗人孔平仲的一首诗，“二公俊轨皆千里，两首新诗寄一庵。大隐市朝希柱史，好奇兄弟有岑参。雪天冻坐痴于雀，雨夕春眠困若蚕。不是本来忘世味，便投闲寂亦难甘”，这里就可以看到，它的押韵上，韵是庵、参、蚕、甘。所以根据这个判断，应该说根据“名为字表”，以及他出的这个韵脚上，应该读 cān。

还有一个有趣的事情，就是 1949 以后考古发现的岑参的账单。岑参的账单在新疆发现，与当地的习俗文化有关。在新疆的阿斯塔那古墓群，埋的都是西汉到唐中期的人。那个地方有一个风俗，就是埋随葬品。但是岑参的随葬品都是用纸糊的，用纸做的。而且在人的遗体上，也要做一个纸棺，这个纸棺没有顶，纸棺的大小就和我们内地建的木棺一样。

但是，唐朝那个时候的纸张是非常珍贵的。现在我们用纸做个什么东西，一般会用没有用过的纸。可那时不行，纸太珍贵了，做不起的。所以这些随葬品和他的纸棺，都是用文书、档案、书信、账本等用过的纸来做的。岑参这个账本，就是被用来做纸棺的。这个古墓群，从 1959 年开始到 1975 年，考古工作者在这里面进行挖掘，发现了大量的汉字文书，这就是“吐鲁番文书”，这是震惊世界的考古发现，其中就有岑参这两张账单。

岑参这两张账单是什么样的账单呢？他这个账单是这样写的，第一张是，“郡坊马六匹迎岑判官，八月二十四日食麦四斗五升，付马子张什仵。”第二张就是，“判官马柒匹共食青麦三豆（斗）伍胜（升）付健儿陈金。”

据分析，这是在驿站消费的东西。这个账单的发现，第一个就是反映了当时的殉葬文化，但是对于研究岑参也很有意义。

它给了我们这样几个信息。第一就是岑参在西北活动的情况，这个在历史上有争论，就说他到底什么时间到西北的，有人说他是天宝十五年去西北的。现在呢，有证据了，这个账单是天宝十三年的，这就说明，那个时候，岑参已经到了。通过这个账单，你就想象到一个青年人，纵马驰骋在西北边塞上，傍晚他要在驿站休息，备足马料，第二天他又匆匆上路。

第二个是关于岑参的职务问题。这里记载着岑判官，那么他写《白雪歌送武判官归京》这首诗的时候，自己也是个判官。那么通过这个账单我们就可以大致推测，岑参是接替武判官来当判官的。唐朝的节度使制度是，节度使一人，副使一人，有参谋随军四五人，还有司马、判官、掌书记，掌书记是管文辞表赋的。判官是什么呢？就是管军务的，就是征调、拨调军马，有点像后勤。司马呢，是管号令，有点像作战参谋。所以我们也可以大致判断岑参的待遇，马七匹，马六匹，也可以大致判断一个判官的待遇。

唐朝的待遇是有严格的规定的，你在路上带几匹马，你穿衣服的服色，你穿什么样的衣服，你家房子多大，那都是有规矩的。岑判官马六匹，马七匹，就说他的待遇在路上带的马匹可能大约七匹，就是这个概念。那么封长清在西域活动的时候，历史记载他的随行的马匹有四五十匹。

第三个信息就是唐朝驿站的管理制度。驿站对封建社会是太重要了，它是联系中央和地方的一个重要的保障，所有的文书的下达、诏书的下达都是通过驿站。但是历史上许多腐败都是从驿站开始的，比如说明朝，明朝灭亡，驿站的腐败是一个重要的原因。教训是很深刻的。通过岑参的账单我们可以发现，当时驿站管理制度非常严格，来往官员的消费，记载得非常清楚。人走账清，你看岑参食麦，青麦几斗几升，付健儿，付马子，人走账清，就说明唐朝在这个时候，在盛唐时期，它的社会制度、边塞的管理制度是非常严格的。所以透过账单，给了我们很多唐朝的政治、经济、文化各种的信息。

崔颢《黄鹤楼》

昔人已乘黄鹤去，此地空余黄鹤楼。
黄鹤一去不复返，白云千载空悠悠。
晴川历历汉阳树，芳草萋萋鹦鹉洲。
日暮乡关何处是？烟波江上使人愁。

黄鹤楼有着奇妙的传说，据说三国时期的蜀汉大臣费祎登仙，驾黄鹤在此憩息。另一个关于黄鹤楼名字来由的传说，更有戏剧性。话说从前有个姓辛的妇人开了一个酒馆。有一个穷道士经常过来喝酒，每次都付不起酒钱，但辛氏从来不计较。道士为了感谢千杯之恩，临走时用口袋里的橘子皮在墙上画了一只鹤，告诉辛氏说：只要拍三下手，这只黄鹤就能从墙上跳下来翩翩起舞。辛氏照做了，果然有黄鹤表演，从此酒馆生意变得非常好。十年后，穷道士又回到这里，辛氏上前致谢，并且希望道士再为她画一条龙，道士微微一笑，走到酒店外拿出笛子对江吹奏，只见黄鹤从屋里飞出，道士骑在黄鹤上，直上了云天。老板娘明白自己过于贪心了，非常惭愧。为纪念这位道士，就在这里建了一座楼，取名“黄鹤楼”。

还有一个传说，主人公从道士具体为吕洞宾，说他每天痛饮美酒好几壶，累计了数百也不给钱，还向老板索要更多。老板慷慨无比，让吕洞宾十分高兴，就用吃剩下的瓜皮在墙上画了一只鹤。最初是瓜皮的青色，过一会儿就变黄了。吕洞宾教酒店里边的小孩唱歌，黄鹤忽然从墙上飞下来，婆娑起舞。每天来围着看的人有数千之多，于是酒店老板挣了许多钱。他把钱给吕洞宾，吕洞宾却不要，于是老板将这座楼起名为“黄鹤楼”作为纪念。

黄鹤楼的原址在湖北武昌长江南岸的蛇山上，与湖北的一座名山龟山隔江相望，相传建于三国时期，最初是用来军事瞭望指挥的一座岗楼。随着年代的变迁，渐渐变成了人们登临游玩、吟诗作画的胜地。南朝梁代任昉《述异记》中记载，古人荀瓌在鹤楼上小憩，望见西南方向有什么东西从云上飘然而至，仔细一看，居然是乘着鹤的仙人。仙人与荀瓌一起饮酒，又驾鹤而去，消失在了天空中。

其实黄鹤楼名字的真实由来，并不是这些飘逸的神仙故事。历代的考证都认为，黄鹤楼的名字是因为它建在黄鹄山上而取的。古代的“鹄”与“鹤”语音相近、常常通用，所以“黄鹄山”上的楼被叫作“黄鹤楼”。虽然只是读音相近，但黄鹤楼的“鹤”的形象却让它在中国的文化语境中占有非常特殊的位置。

在道教文化中，鹤是长寿的象征，而道教的先人大都是以仙鹤为座驾。年长的人去世有驾鹤西游的说法。人们常把仙鹤和挺拔苍劲的古松画在一起，作为益年长寿的象征，取名为“松鹤长春”“鹤寿松龄”；鹤与龟画在一起，其吉祥意义是龟鹤齐龄、龟鹤延年；鹤与鹿、梧桐画在一起，表示“六合同春”。画着众仙拱手仰视寿星驾鹤的吉祥图案，谓为“群仙献寿”图。鹤立潮头岩石的吉祥图案，名叫“一品当朝”。两只鹤向着太阳高飞的图案，其吉祥意义是希望对方高升。汉语常以“鹤寿”“鹤龄”“鹤算”作为祝寿之词。

同时，鹤这种动物雌雄相随，步行规矩，被古人认为有很高的德性，因此多用翩翩然有君子之风的白鹤，比喻具有高尚品德的贤能之士，把修身洁行而有时誉的人称为“鹤鸣之士”。鹤也常和松被画在一起，鹤、凤、鸳鸯、苍鹭和黄鸽的画，表示人与人之间的五种社会关系。其中，鹤象征着父子关系，因为当鹤长鸣时，小鹤也鸣叫。鹤成了道德伦序的父鸣子和的象征。

正是“鹤”背后的文化精神，赋予了黄鹤楼这座高楼非同寻常的氛围，让登临于此的人们产生了特别的情怀。崔颢的《黄鹤楼》就是这种特别情怀的代表。

崔颢是怎么来到黄鹤楼的，史书没有详细的记载。但登临所受到的震撼，以及联想自己身世、追思历史后发出的感慨，让我们感同身受。

这首《黄鹤楼》，我读了多次。相比之下，我更喜欢李白的《登金陵凤凰台》，但李白那么推崇崔颢，我就不得不崇拜崔颢。李白说“眼前有景道不得”，为什么？“崔颢题诗在上头”，就是因为这个，李白都觉得写不下去了。我一开始并不认为这首诗好，第三句、第四句不对仗，“昔人已乘黄鹤去，此地空余黄鹤楼。黄鹤一去不复返，白云千载空悠悠。”“黄鹤”和“空”都是重复出现，觉得不像律诗，有点像古风。

但它是七律，还是唐诗里面七律的压卷之作。后来我越读越觉得它深邃，慢慢地就懂了，妙就妙在这里，如果他没有这个，倒相反不好了。如果他对仗太工整，太讲究，我觉得这首诗也许不好流传，也许就没名了。正因为它是顺口而出，那个气势一下子就有了，老百姓也都能懂。

这首诗是一种辽阔的一种悠远。“昔人已乘黄鹤去，此地空余黄鹤楼”，他的音韵特别讲究，念出来特别好听。“晴川历历汉阳树，芳草萋萋鹦鹉洲”，太漂亮了，就是楼上所见，而且“晴川历历”，也是双声叠韵，我也受到它的很大影响。晴川一望无际，历历是一种排序，很辽远博大，汉阳树，就是汉阳那边草木苁蓉。古代仙人乘黄鹤升天的美丽传说在唐代是众所周知的，很多人因此慕名而来。崔颢一定也知道这个故事，他到这里的时候，这一切都已成了不可触摸的往事了。站在这雄伟的楼里，人已去，楼已空，只有朵朵白云萦绕在楼前，全诗就是在这样的一种惆怅失落而又开阔的基调上展开的。在他眼前，白云之下是清晰生动的树木和芳洲，在夕阳的余晖中似乎显得寂寥而惆怅。于是不禁感叹“日暮乡关何处是？烟波江上使人愁”，联想到自己此刻的孤单失意，崔颢更加想念家乡了。

崔颢这首诗，除了给黄鹤楼留下了一首名作，也引来了后世人的“戏仿”。鲁迅先生就仿过一首：“阔人已骑文化去，此地空余文化城。文化一去不复返，古城千载冷清清。专车队队门前站，晦气重重大学生。日薄榆关何处抗？烟花场上没人惊。”这是对日本人侵华北时，汉奸文人的讽刺和批判。

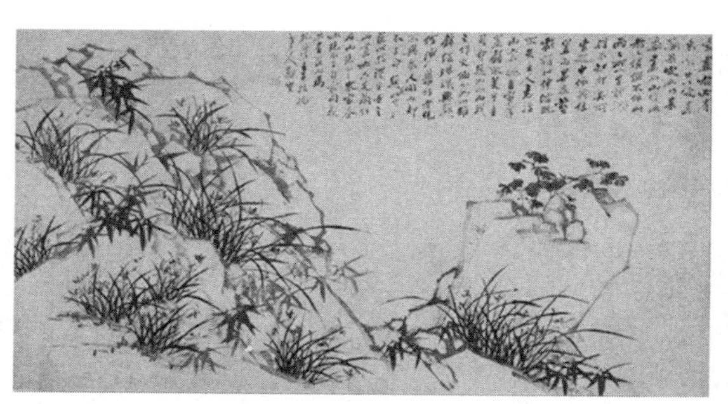

李白《登金陵凤凰台》

凤凰台上凤凰游，凤去台空江自流。
吴宫花草埋幽径，晋代衣冠成古丘。
三山半落青天外，二水中分白鹭洲。
总为浮云能蔽日，长安不见使人愁。

说到崔颢，就不得不提到李白。在黄鹤楼的东面，有一个“搁笔亭”，据说李白也登上黄鹤楼，诗兴大发，正想拿笔题诗留念时，忽然看见了崔颢题的这首诗，读完后他赞不绝口：“绝妙！绝妙！”李白左思右想，觉得崔颢这诗已经把黄鹤楼的景致写绝了，自己再怎么写也超越不了了，于是只好写下了两句话来抒发自己的感慨：“眼前有景道不得，崔颢题诗在上头。”而“搁笔亭”就是纪念“崔颢题诗李白搁笔”的故事，赞美诗人之间的惺惺相惜之情。《黄鹤楼》

之绝妙印记在李白心中，之后他还曾以此诗为体，先后作诗两首《鹦鹉洲》和《登金陵凤凰台》以表心中对原诗的欣赏。

此后，人们经常讨论：如果李白先于崔颢来到黄鹤楼，是否也能写出这样动人的诗句？历史无法假设，我们只能在李白自己的诗中找到每个人不同的答案。李白的一首《登金陵凤凰台》同崔颢的《黄鹤楼》很有相近之处，有人说“与崔颢黄鹤楼相似，格律气势未易甲乙”，就是两者的意境非常像，气势和声律方面也难分高低。

他心里始终有个情结，李白是个性情中人，有时候有点孩子脾气，较劲。我一定得写一首出来，对得起你，也对得起我。因此后来李白就写了《登金陵凤凰台》。“三山半落青天外，二水中分白鹭洲。”越想这个景越漂亮，我甚至觉得，他的对仗都比那个“汉阳树”好。李白的胸襟、豪放和潇洒，那是别人比不了的。

李白开头两句也写凤凰台的传说，也是十四字中连用了三个“凤”字，同样不显重复，也一样音节流转明快，非常优美。但李白的意思和崔颢不大一样。

“凤凰台”在金陵凤凰山上，相传南朝刘宋永嘉年间有凤凰集于此山，于是就筑了个台，山和台也由此得名。在封建时代，凤凰是一种祥瑞。当年凤凰来游象征着王朝的兴盛；如今凤凰台空，六朝的繁华也一去不复返了，只有长江的水仍然不停地流着，大自然才是永恒的存在。李白写这首诗的时候，刚刚离开朝廷，他诗中的“愁”字和崔颢的“愁”还不太一样。李白的“愁”，是一位正直之士，蒙受谗毁，不被重视，流落江湖，英雄无用武之地的“愁”。这个“愁”就要比崔颢的“愁”深广宽阔得多。他登上了凤凰台，也还是“不见长安”，和题目里的“登”字相呼应，给人一种别样的感觉，余味无穷。

李白《行路难》

金樽清酒斗十千，玉盘珍羞直万钱。
停杯投箸不能食，拔剑四顾心茫然。
欲渡黄河冰塞川，将登太行雪满山。
闲来垂钓碧溪上，忽复乘舟梦日边。
行路难！行路难！多歧路，今安在？
长风破浪会有时，直挂云帆济沧海。

1000 多首诗歌，5 万多公里的旅程，对朋友真心实意，对自己也有着十二分的自信。他相信：“天生我材必有用”，“古来圣贤皆寂寞，惟有饮者留其名”。

他并不是永远在作诗，而是用诗意来看待世界，看待生活。他不识时务，身陷乱党，被冤入狱，却依然率真、磊落。

李白留下的诗歌，涉及对社会、权贵的批判，还有美酒、百姓、山水江河、友情、历史，充满豪放的激情、豪侠的气概，也集中代表了盛唐诗歌昂扬奋发的典型风格，还有痛快淋漓的饮酒诗，来排遣怀才不遇的忧愁。

他就是李白。这确实是一位天才般的诗人。我觉得，最能体现李白性格的诗，就是这首《行路难》。李白的人生道路也是艰难的，像他说的，前路崎岖，歧途甚多，要走的路，究竟在哪里呢？倔强而又自信的李白，决不愿表现自己气馁，他那种积极入世的强烈要求，终于使他再次摆脱了歧路彷徨的苦闷，唱出了充满信心与展望的强音。

其实，综观李白的一生，他就是一个旅行家。初唐和盛唐时代，社会富裕，人民生活安定，许多人都有做大事报效朝廷国家、建功立业、光宗耀祖的理想。当时，离家外出，周游各地，广交朋友，寻找机会是一种时尚。许多年轻人以及和李白同时代的诗人和文学家都有这样的经历，李白自然也不甘人后。他自幼聪明，又经过刻苦学习，有着一身才气，认为大丈夫志在四方，不到 24 岁就开始离家游历。

李白的一生，几乎都在游历中度过的。从地图上看，他一生中的漫游行踪大致可分为三个范围、两条主线。三个范围是巴蜀、越中、皖南；两条主线就是长江和黄河。

李白的游历，和当时的许多诗人都不一样。他特别喜欢剑，无论走到哪里，身上都佩了一把剑。虽说古时候许多人远游经常携带兵刃防身，但李白还精通剑术，经常行侠仗义，到处打抱不平，颇有一点像传说中的侠客。相传李白年轻的时候，曾亲手杀过人。李白的朋友魏颢在编写李白诗集时就说过："少任侠，手刃数人"。也就是说他亲手杀死过几人，可是，这件事，正史没有记载。李白还写过一首《侠客行》的诗："十步杀一人，千里不留行。事了拂衣去，深藏身与名。"

这也许是暗写他自己的经历。不管怎么样，李白追求个性自由，性格张扬，渴望建功立业，热心帮助别人，还在诗中塑造出侠客形象作为自己的化身，这倒是"有诗为证"的事实。金庸受到这首诗的启发，还写了一本脍炙人口的小说《侠客行》。

李白的游历，还有一个更让我们吃惊的地方，那就是他去过的地方之多，是当时和以后的许多诗人，包括今天的"驴友"都无法比拟的。

根据李白诗中的记载，他的一生去，过新疆、甘肃、四川、湖北、湖南、江西、安徽、江苏、浙江、河南、山东、河北、山西、陕西、贵州、北京、重庆等 18 个省、市、自治区，总共到过当时的 206 州县，登过 80 多座山，游览过 60 多条江河川溪和 20 多个湖潭。

我国现有 34 个省级行政区域，李白就走了一半，他的旅游行程已远超过了二万五千里，而且这些行程都是他在古代交通不发达和工具不先进的情况下，以骑马或行船为代步工具，甚至是用双脚一步一步走过来的，其艰苦是可想而知的。但我们也有理由相信，李白的内心是非常愉快的，他写了那么多的诗，每一首诗里都充满着对这些名山大川的热爱和眷恋。

有人说，李白出生在中亚的碎叶，碎叶当时是唐朝设在西域的重要边防要塞，也就是今天的吉尔吉斯斯坦首都比什凯克以东 90 公里的托克马克市。李白五岁的时候，就跟着父亲李客，从碎叶城经过新疆、甘肃到了四川的江油安家。李白在一首诗中说："十五学神仙，仙游未曾歇"。他从 15 岁开始，在四川盆地漫游，峨眉、青城、乐山、岷江、涪江、锦江、嘉陵江等蜀中的名山大川、风景名胜，他都去过。他家乡绵阳附近的紫云山、观雾山、大匡山、戴天山、窦圌山、长平山，他也都一一登临。他还去了剑阁、阴平这样的由陕入川的蜀道险要。这一转，就是 10 年。

25 岁的时候，李白经过长江三峡出蜀，他又开始沿着长江的上流至下游游历下去。李白离开四川后的第一站就到了湖北的襄阳，在襄阳他认识了另一位大诗人孟浩然，两人很快就成了好朋友。孟浩然给李白介绍了一位女朋友许小姐，李白和她一见钟情，许小姐不久就成了李白的夫人。

许小姐是一位"官三代"，她的祖父是武则天时期的宰相。婚后的十年，李白都住在安陆的老丈人家里，其实就是个倒插门女婿。以后他的游历都是以安陆为中心的。李白先后到了湖北、湖南、江西、江苏等地方，在金陵，也就是今天的南京、扬州、安徽宣城等地方边玩边住，正是在扬州，李白思念许夫人和出生不久的儿子，写了前面那首著名的《静夜思》。这段时间，李白从南面沿着长江的支流湘江到长沙、衡阳、宁远，北面沿着长江的支流汉水，北到襄阳、安陆、南阳，他还去了洞庭、鄱阳、太湖，登过庐山、衡山、九嶷山。

李白对吴越一带有着深厚的感情，剡溪，在今天的浙江嵊州，那时嵊州叫作剡中。这地方李白去过六七次，他写道："霜落荆门江树空，布帆无恙挂秋风。此行不为鲈鱼鲙，自爱名山入剡中。"这里的秀丽风景，使他心醉神迷。天台山和天姥山弥漫着一种神话的传奇和色彩，开启了他想象的大门，他在这里写下了著名的《梦游天姥吟留别》。李白在《上安州裴长史书》一文中说得好，"南穷苍梧，东涉溟海"，正是他这一段的行踪。越中是李白的第二个游历范围。

李白 33 岁那年，来到了兖州。在兖州，李白第一次见到比他年轻 13 岁的杜甫，两人一面，即亲如弟兄，"醉眠秋共被，携手日同行"，两位中国文坛的巨人在兖州结下了深厚友谊，双星相会，成为文坛千古佳话。第二年，李白把家搬到了兖州，他还得到了官府所分给的田地。在兖州，李白和东鲁名士孔巢父、裴政等人在泰山附近结为"竹溪六逸"，一起隐居养名，并游览了以泰山为中心的鲁中山水。他写了《游泰山》这首诗，“天门一长啸，万里清风来”，表现了登上泰山的豪壮之情和博大的胸襟气魄。

不幸的是，许夫人来兖州以后不久就病逝了。李白沿着长江的游历也结束了，他又开始了沿着黄河的游历。李白游长江，是从长江的上游顺流而下的，而游黄河，则是溯流而上。他是从兖州出发，途经河南的宋州、汴州、洛阳，沿着黄河的支流汾水，北上太原，又沿着黄河的支流渭水直至长安。

李白的后半生，基本上是在江东地区，也就是今天的皖南度过的。他的晚年，一直在皖南漂泊流连，最后终老在宣城郡的当涂县，也就是今天的马鞍山。在皖南，他到过黄山、九华山和天柱山，还流连于泾川和秋浦。泾川，在今天的安徽省泾县。秋浦是李白最喜爱的地方。他的那首《秋浦歌》就是在秋浦的玉镜潭边写的。有人说这是李白在夸张，有人说这是实写，实际上当地山上的霜雪，在玉镜潭中的落影真像是秋霜。不管是夸张也好，写实也好，这首诗牢牢地印在了后人的脑海里。

李白《黄鹤楼送孟浩然之广陵》

故人西辞黄鹤楼，
烟花三月下扬州。
孤帆远影碧空尽，
唯见长江天际流。

李白有一首诗歌叫作《黄鹤楼送孟浩然之广陵》，他在黄鹤楼送孟浩然到广陵，孟浩然也是盛唐的一个大诗人。广陵就是现在的扬州。这首诗他首句写“故人西辞黄鹤楼，烟花三月下扬州。”所以这首诗歌前面写叙事，好朋友要乘坐船到扬州去，“烟花三月下扬州”，这是对扬州最好的称赞，我开玩笑说，江苏人应该给李白很多的广告费，因为他这一句“烟花三月下扬州”，使扬州永远名扬天下。

下面他说“孤帆远影碧空尽，唯见长江天际流”。他写诗人伫立在黄鹤楼头，看着朋友孟浩然乘的小船渐行渐远，一直消失在水天相接的尽头，只看到长江像从天边滚滚而来，又滚滚而去，最后这个“碧空尽”，使得余音寥寥，不绝如缕。“孤帆远影碧空尽”，我想李白是善于夸张的，我现在想我们要是站在黄鹤楼头送朋友，朋友的船慢慢越来越远，越来越远。如果在视线的尽头没有的话，那至少要站两三个小时。这里我想这也是一个夸张。当然这里的夸张表达的是对朋友的真诚的、无尽的情意吧，因为朋友分别的时候，要是人家一松手你自己转身就走了，这是很不礼貌的，而且说明这个情感不深，所以“碧空尽”，站在那里很长很长的时间，伫立在那里，这个才显得情意绵绵。

李白《静夜思》

床前明月光，疑是地上霜。

举头望明月，低头思故乡。

这首《静夜思》，可以说是“千古思乡第一诗”。

说起李白，没有人不知道这位中外闻名、千古流芳的大诗人。他一生写了一千多首诗，没有人会不承认，其中有一首诗是知名度最高的唐诗，这就是“床前明月光，疑是地上霜。举头望明月，低头思故乡。”

这首诗在我们周围，无论年龄大小，学问高低，恐怕没有人不知道，不会背。每当我们看到明月高悬、银光洒地的时候，不管在不在家乡，都会不自觉地背出这首诗。

据说，李白二十五六岁的时候，到扬州的朋友家里去做客，月圆之夜，他想起了家里的妻子和孩子，睡不着觉，就起来在院子里溜达，走着走着，一不小心，就吟出了这首流传了一千多年的诗。

一千多年以来，不知道有多少老师对学生、父母对儿女讲过这首诗，讲着听着，大家都知道了这首诗的意思，也理解了李白思念家乡的感情。可是，却很少有人知道，李白是怎么写出这首诗的呢？不知道的事情，总有人去问，问着问着，还真问出了大问题。

李白当初写的这首诗是今天我们背的这几句吗？宋朝的时候，人们背的就不是“床前明月光”，而是“床前看月光”。到了明朝，就更有人背出“抬头望明月”和“抬头望山月”等等，这首诗一下子有了十多个不同的版本。那李白当初到底是怎么写的呢？为什么又会变成这么多不同的版本呢？

要说清楚为什么会有“明月光”和“看月光”、“明月”和“山月”、“抬头”和“举头”这些区别，还得从这首诗中一个非常关键的字说起。这个字就是这首诗的第一个字“床”。

“床”，今天我们再熟悉不过了。一个人一生的三分之一都是要在床上度过的。可是，在唐代，“床”还真不是指的我们今天睡觉和休息的那个东西。

在古代，“床”不是专门睡觉的地方。《说文解字》中说：“床，安身之坐者。”安身，指使身体安稳的意思，引申出来是指起承托、稳定作用的东西，实际上就是“底座”。人们睡觉的地方大都像今天北方地区还有的“炕”，或者像日本和韩国常见的“榻榻米”，总之是比较矮也没有脚的。那时候，家具还不多，吃饭、写字、读书的时候，就在“床”上放一个高度合适的案几，“举案齐眉”说的就是这个。到了唐代，凳子和“马扎”流传到中国来，叫作“胡床”，这样，家具多了，“床”也就有了脚，后来脚慢慢高了起来，再后来，就发展成今天专门睡觉的“床”了。

李白那个时候，“床”还是比较矮的，但李白躺在上面，就算是“抬头”也只能看到屋顶，又怎么能看到月亮呢？再说，当时的房子是什么样，月光又怎么能一直照到床前？李白躺在床上，又怎么低头呢？如果李白起来，到院子里溜达，但这又和“床”又有什么关系呢？有人说，李白是通过窗户看到月亮的。“床”即“窗”的通假字。那么，为什么流传中产生了十几个版本，却没有一个是“窗前明月光”呢？如果李白在“窗前”，抬头或低头，那“地上霜”在哪里呢？

答案，还在这个“床”上。在唐代，床可是有很多说法的。一种说是井台，现在有许多学者都考证过。更多的说是指井栏。从考古发现来看，中国最早的水井是木结构的。古代井栏有好几米高，成方框形围住井口，起到防护作用，防止人掉下去。这井栏应该就是李白所说的“床”。当时，井都是有井栏的，井就是主要的水源，当然也很普遍，一般的家庭都有。

我们可以想象，李白来到院里，看到照在井栏边空地上的月光，心想这真是一片生在地上的霜啊。顺着月光照来的方向望去，一轮明月高悬当空，望着望着，他想起了远在家乡的妻儿，不禁低下了头。

如果李白躺在床上，月光照到他的身边，怎么会有这样的效果呢？

晚唐时代，被称为“小李”的诗人李商隐也写过“不收金弹抛林外，却惜银床在井头”，看来那时还真有比较讲究的井栏啊。

宋代以后，床逐步成为专门睡觉的用具，井也在不断地发展，井栏也慢慢地没有了。许多人在背这首诗的时候，总是习惯性地想象李白是在躺下睡不着觉时写的这几句。躺在床上，很难体会到月光的“明”，就只能“看”了。

那为什么会有“明月”和“山月”呢？这就和李白的经历有关系。李白出生在江油，就在今天的四川绵阳附近。写这首诗的时候，他的家、他的妻子和孩子都在安陆，就在今天的湖北孝感附近。这两个地方都是丘陵地形，高高低低的山包一座连着一座。开门就见山，老百姓也靠山吃山，对山有着特殊的感情。在李白眼里，这树是山树，风是山风，月自然也是山月了。在群山连绵的地方，月亮做着曲线运动，缓慢优美，由山峰滑向山谷，又由山谷爬上山峰。这种带着地域特征的“山月”，在李白眼里就是家乡独有的风光，他在没有山的地方，还看到了“山月”，希望从中看到自己的家乡，望眼欲穿，可见他思乡的感情有多么深啊。

“抬头”和“举头”也是不一样的，“举头”有“猛一抬头”的意思，更多的用在书面语言中，文人写诗作文常用“举头”，可一般老百姓说话就不怎么说这个词。李白在这儿用“举头”，就是说在欣赏美好月光的时候，突然想到这样的良辰美景要是能和家人在一起度过该有多好啊。“举头”就突出了这个感情的突然变化，和前面的“疑”字配合，使以后的“思故乡”味道更浓。可毕竟在一般老百姓口中，和“低头”对应的就是“抬头”，说“举头”就不大习惯，所以有许多人习惯说“抬头”。

李白的诗，不只是自己吟诵，而是能让所有的人都能看懂听懂，还能随时背出来。这首《静夜思》，就有越来越多的人口口相传，很快就传到了平原、沿海、西北边疆。大家搞不懂，这月怎么就是山月呢，我们这里没山，再说月亮怎么和山有关系，怎么能叫山月，还是“明月”好听，“抬头”叫着习惯顺口。于是这个想要叫着顺口的人就把这自以为顺口的叫法传给了别人，别人也没觉得别扭，就又传给了另外的人，一传十，十传百。

李白的诗，其实并不在书本上，而在许许多多的老百姓口中。李白的诗，好就好在这个地方。成千上万的人传诵，版本不统一也就不奇怪了。但不管怎么传诵，李白的意思没有被误解。所以这首诗也被称为“千古思乡第一诗”，感动了古今无数他乡流落之人和在家乡思念他们的亲人。从此，月亮也和思念怀念家乡紧密地联系在了一起，苏东坡更写出了“千里共婵娟”这样的佳句。“床”也被扯上了孤独苦闷的概念，李商隐就说，“远书归梦两悠悠，只有空床敌素秋。”

话说回来，一首好诗有许多不同念法，总不是一件使人满意的事情。到了清朝乾隆年间，就有一位蘅塘退士出来“修改”这首诗了。蘅塘退士编选了一部《唐诗三百首》，这也是到今天一直流传的最好的一部唐诗选集。他在把这首诗编进《唐诗三百首》的时候，反复比较了宋朝以来各种不同的版本，又到各地采风，了解不同地区的百姓口中这首诗的念法，还向当时许多说书艺人请教。最后，他认为，即便人们不知道过去的“床”是什么样子的，“明月光”也比“看月光”更生动，“明月”比“山月”更通俗易懂、“举头”比“抬头”更能反映李白的心情。从他开始，这首《静夜思》就固定成了通行至今的版本。

李白《赠汪伦》

李白乘舟将欲行，忽闻岸上踏歌声。

桃花潭水深千尺，不及汪伦送我情。

李白这个人还是非常重友情的，他有很多情感的诗歌写得非常好。李白在安徽的时候，安徽有一个人叫作汪伦，他非常敬仰李白，他说要是能让李白到我们村里来一下多好啊？他知道李白第一喜欢美景，第二喜欢大自然的美景，李白一生好入名山游。所以他就给李白写了一封信，说李白你到我们村里来吧，我们这里有万家酒店，十里桃花。李白一看万家酒店，这么好，那就去了。到那里一看的时候，这个小山村很小。他就问那个汪伦说，万家酒店何在？哪有万家酒店？汪伦就拉着他，指着远处有一个酒联，上面写着万家酒店，原来开酒店的老板姓万，姓万这一家人开的酒店。那么两个人就哈哈大笑，那么十里桃花何在呢？村子外面有一个桃花潭，到处都是桃花，何止十里，他很高兴。

李白走的时候写了一首诗赠给汪伦，叫《赠汪伦》，这首诗前两句也是七言绝句，前两句是叙事，很平常。“李白乘舟将欲行，忽闻汉上踏歌声。”朋友们，这两句，前两句很平常，是叙事，但是后两句很精彩，这个精彩主要有两点，第一，“不及”这个词用得好，“不及汪伦送我情”，是说盛情无限。如果把“不及”，改成“犹如”汪伦送我情，“好似”汪伦送我情，“就像”汪伦送我情，那情感就有限了，就是浅尝辄止而已，到那里为止了。而“不及”，使得深情无限，你想象下面有多深，就有多深。第二，桃花潭这个意象选取得好，桃花，非常热烈，非常美好，用桃花潭，很清澈、美好、热烈，用桃花潭水来比拟跟朋友的友情，可以说是珠联璧合，相得益彰。如果不用桃花潭，用黑龙潭、十八潭或日月潭，从文字意义上是一样的，但是从情感的意义上，就大不一样了。

李白《春夜洛城闻笛》

谁家玉笛暗飞声，散入春风满洛城。

此夜曲中闻折柳，何人不起故园情。

李白还写过一首七言绝句，叫作《春夜洛城闻笛》。李白在洛阳城春天的一个夜晚，听到别人在吹笛子，他就写了一首诗。“谁家玉笛暗飞声，散入春风满洛城。”谁家这个笛子，玉笛，是笛子的美称，说吹的声音非常好，整个洛阳城都听到了。“此夜曲中闻折柳”，今天晚上听那个笛子吹的是《折杨柳》，《折杨柳》主要表达的是思念的情感。“何人不起故园情”，听到这样的笛声，没有一个人不产生对家乡故园的怀念之情。这是诗人客居洛阳的时候，在夜深人静之时，随着春风送来了悠扬的笛声，而笛子所奏的这个曲子，就是《折杨柳》。

《折杨柳》的内容很多是离情别绪，诗人听到这首诗，就搅动了思乡的情感，诗人由此及彼，推己及人，说“何人不起故园情”？不但诗人自己，其他人也都起了故园情，他写出了思乡的情感的普遍性。所以我们说，与其说诗人曾经沉浸在幽美的笛声当中，还不如说是沉浸在对故园、对故乡的深深的怀念之中。

最重要的是这首诗中所反映出来的情感，跟我们每一个人的情感是相通的。所以这首诗才能让人一读就记住，一记住就一辈子也忘不了。所以朋友们，你看，唐诗有五万多首，很多诗歌你们都背不上来，这是正常的。但是如果一个人这首诗背不上来，那就太不正常了，你怎么连这个最基本的感情都不明白呢？它能让人一读就记住，一记住就一辈子也忘不了，所以有着巨大感化人性的力量。

李白《早发白帝城》

朝辞白帝彩云间，千里江陵一日还。
两岸猿声啼不住，轻舟已过万重山。

李白的一生，和三峡有着密切的关系。这还得从头说起。

李白五十多岁的时候，在当时的首都长安有一段非常惬意的经历，他担任了翰林院的侍讲，也就是专门给皇帝上课的老师。这个工作有着优厚的待遇，也非常自由。李白的个性得到了充分的发挥，他平日和高适等朋友在酒馆里饮酒做诗，“李白斗酒诗百篇”“天子呼来不上船”；在朝堂之上，又让高力士脱靴、杨贵妃磨墨。唐玄宗非常爱惜李白的才气，由于皇帝的保护，没有人来找李白的麻烦。

可是这样的好日子只过了一年多，李白自己恳请退出朝廷回到了家乡。李白究竟为什么离开唐玄宗呢？史书上没有说。后来又有人说，李白看不惯朝中腐败黑暗，也担心自己诗才遭人嫉恨；也有人说李白太爱喝酒，唐玄宗担心李白酒后把宫里的秘密泄露出去，就把他打发走了。但有两点也是有可能的，一是李白当官是因他的好朋友，也是大诗人的贺知章推荐，这时候贺知章80岁了，贺知章告老回乡以后李白在朝中就少了一个知音。二是当时的太子李亨不喜欢李白。这个李亨就是后来重用郭子仪，领导平息安史之乱的唐肃宗，他和父亲玄宗完全不同，没有一点文艺细胞。

李白离开长安以后，回到了任城，也就是今天的山东济宁。他加入了道观紫极宫，成了一名真正的道士，号称“青莲居士”，他本来打算过一下安稳悠闲的日子了。不久安史之乱爆发，李白也和当时许多诗人一样怀着一颗报国平乱的心。唐肃宗的弟弟永王李璘在江淮起兵平叛，他仰慕李白的大名，多次派人邀请，报国心切的李白也就成了永王的幕僚。可是，李白没有发现这个永王平叛是假，趁火打劫是真。永王还没有和叛军接触，就被官军给收拾了。李白也受了牵连，经过朋友相救，才被放出来。经历了这一切，李白给唐肃宗上了一个自荐表，真诚地表白自己，希望能有一个为国家出力的机会。不想这个自荐表竟触怒了皇帝，一下子就要把李白发配到夜郎去。

夜郎在今天的贵州，由于“夜郎自大”这个成语而闻名天下，那时还是个没有开发的苦地方。李白要从江淮去夜郎，必须要经过长江三峡。这是李白第二次经过三峡，第一次还是二十多年以前，那时候他的一切都是年轻的、强壮的、旺盛的，包括梦想，三峡这一路他可没闲着，放声高歌，仰头喝酒，畅快极了。可现在，李白不是桂冠诗人，也不是朝廷重臣，而是一个年届花甲的枷锁罪犯，面对三峡的湍急流水，他知道也许命运就会从此会变得坎坷了。他给皇帝上表，只想讲清楚自己只有报国平乱之志，绝无偷天换日之心。但他不知道皇位之争的厉害，而且他得罪的也不仅是皇帝。当时许多朝廷大臣都主张要把他杀掉。其中怀恨在心者有之、嫉才妒能者有之、卖友求荣者有之。最可恨的是那些趋炎附势的官场朋友，李白在长安时，“当时笑我微贱者，却来请谒为交欢”，但他们是“前门长揖后门关，今日结交明日改”，现在一个个都翻脸不认人了。也许只有杜甫一个人对李白是真心的，他在诗中写道：“世人皆欲杀，吾意独怜才”。这话现在看来还真有点叫人恐怖。李白何罪之有？现实和历史的评价在李白身上反差为何如此之大？这可真是千古奇冤。杜甫当时人微言轻，他的意见当然不会得到重视，后来他自己也被贬出朝廷，漂泊到了三峡。

在这样的心情下，李白写了一首诗《上三峡》：“巫山夹青天，巴水流若兹。巴水忽可尽，青天无到时。三朝上黄牛，三暮行太迟。三朝又三暮，不觉鬓成丝。”

他只能待在船舱里。急流不时拍击着船底，岸上断续传来纤夫的叫喊，李白也不住地叹息。就在绝望之中，他们穿过巫峡，进了夔门。在李白的眼里，巫山险峻，巴水转曲，小船走得那么慢，忧愁使他的头发都白了。他感觉到逆境难熬，心情愤懑，两岸的壮丽风光也为之减色。岸上的人们看见这蓬首垢面的老犯人，谁也认不出他就是大名鼎鼎的李太白。当时人们还传说李白在流放途中跳水自杀了。流言急于将他置于死地，连杜甫也信以为真，悲痛地“投书吊汨罗”。

人们不知道这位老诗人还一命悠悠地活着，走着走着，李白一行来到了白帝城，就是今天的四川奉节，历史上刘备托孤的地方。也许是鬼神显灵，李白的命运就在这里出现了戏剧性的转机。

由于郭子仪等朋友相救，皇帝赦免了李白。李白一下子就重获自由了，他又要重新走过三峡，回到江南去。

这时候的李白，心情就大不一样了。他看到三峡两岸山高入云，阳光灿烂，顿时感到心情开朗，小船也走得快了起来，真有点“一日千里”的感觉啊。就这样，李白写下了那首今天大家都会背的《早发白帝城》。

其实，诗写的是诗人的心，同一个李白，同样的三峡，写出来的就是不一样啊！要说什么是“融情入景”，这还不是最好的例子吗？

三峡的壮美风景给了李白很多灵感，三峡的美丽也因李白的诗得以广播天下，有人说，三峡文化就是李白文化。

李白三过三峡，每一次都是他人生道路上的转折点，既展示了三种不同的人生际遇，也展现了三种不同的思想和情感境界：青春年少的抱负和理想；命运困厄的失落和苦痛；苦尽甘来的解脱和喜悦。读李白的三峡诗就是读一部含泪带笑、苦乐交集的人生启示录。

李白《独坐敬亭山》

众鸟高飞尽，孤云独去闲。

相看两不厌，只有敬亭山。

从三峡回来的李白，经历了人生太多的荣辱和悲欢，真正到了风烛残年的时候。天生我才不再有用，千金散尽没有复来。几年来，他一直在江淮一带漂泊。李白多次来到安徽宣城，凭吊他非常喜欢的谢眺。谢眺是南朝萧齐时代的大诗人，东晋谢安家族的后代，一生写了许多优美的山水诗。谢眺做过两年多的宣城太守，后来死于一场冤狱，死时只有38岁。李白总是觉得自己的命运也和这位前辈诗人有许多相像之处，他写道："蓬莱文章建安骨，中间小谢又清发。俱怀逸兴壮思飞，欲上青天揽明月。"

可是，理想和现实有着巨大的差距，李白怎么也不能摆脱心中的忧愁，他继续写道：抽刀断水水更流，举杯销愁愁更愁。人生在世不称意，明朝散发弄扁舟。

这份浓得化不开的愁绪，一直纠缠着李白，也使无数的后人留下了同情的眼泪。

“也许你觉得我在做白日梦，但我不是唯一的一个”，这是披头士列侬的名言。李白和列侬都是才华横溢的大艺术家，都写诗，也都个性豪放不羁，都有着无数的粉丝，当然他们也有着相同的忧愁和孤独。

其实，李白郁郁不得志的遭遇在每个人身上都有可能发生，这个角色和现代观众的真正关系就是：每个人都会是李白。

61 岁那年，李白第七次来到宣城城北的敬亭山，写下了平生最后一首诗：“众鸟高飞尽，孤云独去闲。相看两不厌，只有敬亭山。”

在诗人的笔下，没有敬亭山秀丽山色、溪水和小桥，我们也不知道李白是在山顶还是在山脚写的这首诗，其实这些都不重要了。李白不是在赞美景物，而是在这里静静地抒发自己内心的无奈。他好像在敬亭山中找到了一点安慰，是不是不那么孤独了？哦，不是，面对着自己喜爱的山色，很长很长时间，一句话都说不出来，还有比这更孤独的吗？

杜甫《同诸公登慈恩寺塔》

高标跨苍天，烈风无时休。
自非旷士怀，登兹翻百忧。
方知象教力，足可追冥搜。
仰穿龙蛇窟，始出枝撑幽。
七星在北户，河汉声西流。
羲和鞭白日，少昊行清秋。
秦山忽破碎，泾渭不可求。
俯视但一气，焉能辨皇州？
回首叫虞舜，苍梧云正愁。
惜哉瑶池饮，日晏昆仑丘。
黄鹄去不息，哀鸣何所投？
君看随阳雁，各有稻粱谋。

说到唐诗，不提大雁塔是不行的。大雁塔在当时的文化中心长安，也是当时诗人们经常聚会的地方，唐诗中有关大雁塔的诗有三四百首，各种史书和笔记上记载的，在大雁塔的诗人聚会也有几十次。

其中最为有名的诗人聚会是五位诗人同登大雁塔，共同赋诗，颇有一点“赛诗会”的味道，这也是中国文学史上的一件盛事。这件盛事发生在天宝十一年，也就是公元 752 年的秋天。杜甫约上了朋友高适、岑参、储光羲和薛据，来到长安城东南曲江附近的慈恩寺，登上寺内的大雁塔，眺望长安的大好秋光，还留下了一组脍炙人口的诗篇。这次文学聚会在中国文学史上留下了一段佳话，到了清朝，诗人王士禛感叹说，“每思高、岑、杜辈同登慈恩塔，高、李、杜辈同登吹台，一时大敌，旗鼓相当，恨不厕身其间，为执鞭弭之役！”意思说，我要是早点出生，参加这次聚会，就算给五位前辈端茶倒水，跑腿服务也好啊！

天宝六年，也就是 747 年，唐玄宗下诏征集文学艺术方面有一技之长的人到京都候选。杜甫对这次考试原本抱很大希望，但因为李林甫宣称“野无遗贤”，应征的举人在考试时无一人及第。

天宝十年，也就是 751 年，正月初八到初十，朝廷要举行三个盛典，祭祀玄元皇帝、太庙和天地。杜甫趁机向皇帝献上了“三大礼赋”。玄宗读后，颇为欣赏，让他到集贤院待制，令宰相考试他的文章，杜甫因为这次一个人的专场考试大大风光了一回，但同样是因为李林甫从中作祟，考试后便再无下文。

屡次考试不及第和经济困境，使得杜甫开始深刻地观察这个社会，752 年，他写出了著名的《兵车行》，他的诗风开始了明显的转变，逐步走向了抑郁顿挫，博大深刻。

杜甫虽然穷困潦倒，但他为人朴实忠厚，加之也是名门之后，还是有不少朋友帮助他。高适和李白是好朋友，据说也是他介绍杜甫认识了李白。储光羲和薛据都是杜甫的世交，他们的先人和杜审言、杜闲都是朋友。岑参和他的二哥岑况，经常和杜甫一起郊游赋诗。这些朋友也都一直在经济上帮助着杜甫。

这一天，杜甫邀请他们来登塔赋诗。当时的长安城处于它历史上最显赫的时代。北边有渭水，南边有终南山，东西是八百里秦川，城中万户人家，楼台锦绣，街上车水马龙，好不热闹。五位诗人登高远眺，看到这一番繁华美景，诗意大发，但感受各不相同。

五位诗人当时题的诗，可惜薛据的诗失传了，其余四位的都保存下来了。按照当时文人聚会的惯例，写诗的顺序一般从资历由低到高排列，但是最后一个写诗的总是邀请者自己。这样杜甫就让其中最年轻的，时年 38 岁的岑参第一个出场。

岑参是有名的边塞诗人，曾经两次从军到过西域，塞上风沙和军中的历练，让他的诗歌中充满了苍茫的浪漫主义色彩，因此他的诗作一出笔就显得气魄雄伟，我们来看前八句：“塔势如涌出，孤高耸天宫。登临出世界，磴道盘虚空。突兀压神州，峥嵘如鬼工。四角碍白日，七层摩苍穹。”

诗人一开始先把塔的气势、气象用非常形象的比喻和夸张手法描绘了一番，接下去就写他在四顾中的所见所感：“下窥指高鸟，俯听闻惊风。连山若波涛，奔走似朝东。青槐夹驰道，宫馆何玲珑。秋色从西来，苍然满关中。五陵北原上，万古青濛濛。”

“秋色从西来，苍然满关中”有一点“欸乃一声山河绿”和“春风又绿江南岸”的味道。山川美景和大雁塔的雄伟壮阔相映成趣，简直就如同鬼斧神工雕刻出来一般，并不是人力所能为之的，其中的“五陵”“万古”等词的使用，都可以显示出诗人的胸怀广阔。这可能也是他曾经终日与苍野大漠相伴所造就的胸襟吧。诗人在这里描写完典型的关中秋色之后，再以个人的抒情作为收束：“净理了可悟，胜因夙所宗。誓将挂冠去，觉道资无穷。”

大意是，我现在已经能够领悟清净的佛理，并且我做人素来信奉行善施道这一个准则。这次我发誓，将来一定要辞官归隐侍奉佛法，因为我发现佛学的确能够给众生带来无尽的好处。通过这几句，诗人不仅把诗歌的主题和大雁塔本身所带有的浓厚佛学气息联系了起来，也抒发了自己“大爱”的胸襟，并表明了自己对佛学的领悟和信奉，非常高明。

岑参的这种写法先写景再抒情，是登高诗中比较普遍的一种写作方法，储光羲和高适的诗也是采用了这种方法，用大半的篇幅来描绘寺塔和眼前景色，到了结尾的时候再抒情。

储光羲是著名的田园山水诗人，他的诗风和王维一样，多有出世的思想。当时他在朝做监察御史，是个比较大的领导，想法可能和血气方刚的岑参不大一样。他的诗中有一股安静恬淡的风格，有一点像王维，后人常常把他和王维放在一起比较。他是这样写的：“金祠起真宇，直上青云垂。地静我亦闲，登之秋清时。苍芜宜春苑，片碧昆明池。谁道天汉高，逍遥方在兹。虚形宾太极，携手行翠微。雷雨傍杳冥，鬼神中躨跜。灵变在倏忽，莫能穷天涯。冠上阊阖开，履下鸿雁飞。宫室低逦迤，群山小参差。俯仰宇宙空，庶随了义归。崱屴非大厦，久居亦以危。”

一年后，储光羲奉命出使辽东，和安禄山接触，发现他有反叛的意思，却只是悄悄写在诗里，不敢给别人看。安史叛军攻陷长安，他被迫做了伪官。官军光复以后，他被发配到了岭南，他的诗很有意境，但是由于晚节不保，历史的评价也不高。

高适这时 50 多岁了，刚刚中举，也在河西节度使哥舒翰那里做幕僚，很不得志。他年轻时到边塞游历，写出了颇有气势的边塞诗，当时名气很大，经常和李白等一批诗人饮酒作诗。他写道：“香界泯群有，浮图岂诸相。登临骇孤高，披拂欣大壮。言是羽翼生，迥出虚空上。顿疑身世别，乃觉形神王。宫阙皆户前，山河尽檐向。秋风昨夜至，秦塞多清旷。千里何苍苍，五陵郁相望。盛时惭阮步，末宦知周防。输效独无因，斯焉可游放。”

高适的诗，笔力雄健，气势奔放，有一种盛唐时期所特有的奋发进取、蓬勃向上的力量，这时的他，又多了一点悲凉和沧桑。后来，高适参加了平息“安史之乱”的战争，又迎来了自己的创作高峰，平叛以后，做了节度使。

薛据和王维是同榜的进士，他在当时担任大理寺司直，有点像现在处理信访的官员。杜甫和当时的王维、刘长卿等诗人在诗中都盛赞薛据的诗。但他为人低调，从不露头角。这也许是他留存诗篇较少，登大雁塔诗也失传了的原因吧。

一般来说，人生经历和生活感受的不同，以及对社会局面看法不同，都会在诗作中体现出来。

杜甫当时不满40岁，和高适、储光羲、薛据几位年过半百的朋友相比，实实在在是一个晚辈。他最后一个动笔，一开始，就不像他们那样常规化的大篇幅写景，而是写出了在登临大雁塔中涌现出来的个人也是时代的感慨：“高标跨苍穹，烈风无时休。自非旷士怀，登兹翻百忧。方知象教力，足可追冥搜。”这是说，大雁塔如此雄伟，就像一个特别高大的标志性建筑横空出世，跨越苍穹，秋风强劲，一点也不停息地吹过来。我在这种景色当中登高，却不像有些胸怀旷荡的人那样会感到赏心悦目，反而充满了忧思，感慨万分。我仔细思索后才领悟到，佛教之所以建筑这样的高塔，是要使人把思想伸到很深很远的虚无地方的。你们看，这首诗开头就不同凡响，杜甫不是一心向佛，而是表述了自己对于塔、佛教和它们之间关系的理解。

说完这些，杜甫才转回过头来说登塔。“仰穿龙蛇窟，始出枝撑幽。七星在北户，河汉声西流。羲和鞭白日，少昊行清秋。”这六句，就讲了登塔的经过和途中的景色。他们几个人在大雁塔里面曲曲折折地来回穿行，那时候塔的里面可能没有灯光，应该是比较幽暗的，他们来到顶层以后，视野一下子就不一样了。就仿佛看到天上的北斗星挂在当门口，又好像听到了银河的流水声。这就是让人感到意外的丰富想象力，也是非常优秀的夸张用法，因为那是在白天。他为什么要这样写呢？就是想用这种形象的手法来说大雁塔顶之高，仿佛能与天相接。“羲和”这两句是点出时节，杜甫又用了拟人的手法，说由于太阳神的御前侍卫不停地鞭策着白日，让时光快速流转，一年的秋天不觉又到来了。这一节，就把登塔的过程、看到的景色和秋天的时令都一下子交代清楚了。

“秦山忽破碎，泾渭不可求。俯视但一气，焉能辨皇州？”

表面上看，这几句好像是杜甫描写从塔顶俯视地面的景色，但是如果和其他几位的诗一比，问题马上就来了，别人都在描绘眼前的大好河山，杜甫却看到了完全不同的场面，秦山破碎，泾渭难分，连皇城也迷蒙一片，这是什么意思？其实很明显的，他是在借景来做比喻，表现出自己对当时社会和政治局面的深切忧虑，这样来表现呢，是比较含蓄的。

再往下看，慢慢地就接近杜甫的真实意思了。“回首叫虞舜，苍梧云正愁”，“虞舜”，应该是指唐太宗，过去的明君，“苍梧”就是苍梧山，是舜的安葬地方，这里是指昭陵，也就是唐太宗的陵。“惜哉瑶池饮，日宴昆仑丘”说的是周穆王西游到了昆仑山，和西王母在瑶池中日夜宴饮，国家大事都不管了。这不就是在说唐玄宗和杨贵妃吗？当时杜甫不能也不敢直接说，就用了这样的典故。写到这里，就点出了最后点题的四句：“黄鹄去不息，哀鸣何所投？君看随阳雁，各有稻粱谋。”自古贤人君子多远离朝廷，而小人则贪恋权位，两者都是各自为谋啊。

这首诗，从眼前所见的景色发散，又转回来以眼前的事作为结束，一收一放，没有极高的文学功力和见识是做不到的。它不是一味赞美大好河山，而是忧国忧民，把眼光放得更为长远。这一年是安史之乱前三年，社会矛盾已经非常突出，表面的繁荣已经漏洞百出。杜甫和高适、岑参等人同是登高作诗，即景抒情，但是在思想上所能够达到的层面却明显不一样。

岑参登大雁塔，看见四周苍茫的景色，觉得参悟佛理更好，因而打算辞官遁入佛门，他后来也确实这样做了。储光羲也差不多，他深感宇宙的空虚，悟到寂灭的意义。所谓“了义”，即世界寂灭的道理，觉得现实中很不安全。这种心态和他后来安史之乱时做了伪官可能有些联系。高适发了一点牢骚，认为官太小，说了不算，无从施展抱负，最好还是游山玩水罢了。高适后来的发展，这时还看不出来。但不管怎么说，他们说的都是他们个人。

杜甫就不一样了。他有政治头脑，他透过当时社会表面的繁荣，看出社会背后潜在的忧患，这也说明他始终关切国家和人民的命运。这一点就和其他几位完全不同。一首好诗，仅是文采好还不够，还要能够体现出深刻细腻的感情与情怀，这才能被称作好诗。可以说，当时还是布衣的杜甫登上高塔，也登上了自己思想的高峰。我认为，了解老杜，可以从这首诗开始。

乾隆己巳秋九月廿有九日板橋居士鄭燮寫

杜甫《梦李白》

浮云终日行，游子久不至。
三夜频梦君，情亲见君意。
告归常局促，苦道来不易。
江湖多风波，舟楫恐失坠。
出门搔白首，若负平生志。
冠盖满京华，斯人独憔悴。
孰云网恢恢？将老身反累。
千秋万岁名，寂寞身后事。

杜甫为人老实，对李白的感情像兄弟一样真挚，留下了大量的对李白的思念之作，有15首以上，如：《赠李白》《春日忆李白》《冬日有怀李白》《天末怀李白》《梦李白》等等，牵挂着李白的衣食住行，担心着他被贬之后的安全，万水千山，远隔天涯，对李白的这份思念一直追随着杜甫从没间断，直到晚年，杜甫依旧在日日盼望：“何时一樽酒，重与细论文。”《梦李白》就是在李白被判流放后写的。

杜甫写这首诗时，尚不知李白已被赦，在回来的路上。诗的前四句写二人形离神合，梦中相见。接下六句写梦中李白的处境艰难，枯槁惨淡。后六句则写梦醒之后的无限愤懑：让这么一个了不起的天才晚年被放逐，还有什么天理可言。纵令身后盛名万世，但人已寂寞无知又有何用？全诗弥漫在一片深厚的同情和不平的氛围之中。在李白生前，贺知章的赞赏，无论是对于他的人生命运，还是对于他的诗歌传播，都具有十分重要的意义，这是毋庸置疑的。但是，对于扩大李白诗歌在后世民众间的传播和影响，奠定文学史家对李白诗歌艺术的认识和评价，杜甫的作用明显要大于贺知章。因为，杜甫一直用一种别人写不出的诗歌语言，热情地赞美李白其人其诗。

两位大诗人虽然在生命中的交汇仅有限的那么一些日子，但一面之晤，相期相约，深情真挚，可以想见。这种属于豪杰的情感自古即为人称道，况且发生在李杜身上，千载之后，犹令人倾慕。

李白被贬以后，杜甫和李白失去了联系。有一天，杜甫梦见了李白。醒来后他写了一首诗，“冠盖满京华，斯人独憔悴”，李白当年在长安被许多人众星捧月的时候，也只有杜甫感受到了李白内心的孤独。杜甫相信，不管李白后来的境遇如何，李白的诗一定会世世代代流传下去，李白的名字绝不会被后人遗忘。于是，杜甫接着写下了也同样千古流传的名句："千秋万岁名，寂寞身后事"！其实，这句诗，也很适合杜甫自己。

一个人在有生之年，名满天下，位高权重，这也许是容易做到的；五百年后，还有人讲他的故事，背他写的诗，这样的人也许还不少；一千多年后的人们，还能从他身上找到自己的身影，寄托自己的感情，把他当作知音，那这个人真的是非常了不起的。李白和杜甫都是这样的人，这就是李白和杜甫的"千秋万岁名"。

张继《枫桥夜泊》

月落乌啼霜满天，江枫渔火对愁眠。
姑苏城外寒山寺，夜半钟声到客船。

寒山寺，我前不久刚去过，香火旺盛得不得了，不得了。其实寒山寺有什么？当然它有寒山、拾得两位大师，更主要的我认为是因为那首诗，就是“夜半钟声到客船”，是不是？姑苏城外寒山寺，就这一下子，它千古不朽，没办法。诗以寺传，寺以诗传，就是这么传下来了，现在那个大钟，你去看看那个大钟，咱们这个房子是装不下那个大钟，新的，有三层楼这么高，太大了，那个精彩，我没见过那么大的，真的，日本人都没见过，都过来看。

仅仅因为一首诗，寒山寺由一座地方小寺庙变成具有全球知名度的寺庙，根据清代著名学者俞樾在《重修寒山寺记》

中的记载，清朝时日本的小孩子就都能背诵这首诗，现在，它已经被收入了日本小学课本里。

千百年来，凡是来苏州的游客都要到这里寻找诗里所写的意境，这儿早已成为著名的旅游景点，就连寒山寺里那口大钟也扬名海内外了。

一千多年前，张继写下这首诗的时候万万没想到，一首诗竟然能带来如此大的反响。

张继在唐代诗人中，算不上大家、名家。如果《枫桥夜泊》没有流传下来的话，可能今天大部分人都不知道唐代还有个诗人叫张继。话又说回来，凭《枫桥夜泊》这首诗，张继就留名千古了。

张继这个诗人，他的生平知道的人很少，首先是生卒年月我们都不清楚，任何一个资料上都没有明确的记载。他应该是唐代大历年间的诗人，还是考中过进士的，当过官的，后来就是在政治上他也没有什么很大的作为，所以在历史上，对张继他个人政治上的建树留下的资料几乎就没有，我们今天之所以知道有张继这样一个人，主要就是因为这首诗。他留下的诗大概有三十多首吧，到现在我们能够看到的有三十多首，但是这首诗是影响最大的，可以这样说，张继因为一首好诗而名传千古，有点像是张若虚一首《春江花月夜》就名传千古，可见好诗不在多，是不是？有一首就足够足够的了。

有人说，是因为张继这首诗，才把当地的桥命名成了“枫桥”。我觉得这里边可能有一个逻辑的问题，我觉得逻辑上应该是先有诗句，这首诗写得特别好，然后就影响到命名，就用这个来命名这个桥。所以我觉得是先有诗，后有的这个桥的名字，而不是先有的桥，后有的诗。为什么呢？张继他本人坐船到这个地方来，他说自己是“江枫渔火对愁眠”。他并不是因为想到了先有这么一个地名才说自己是愁眠的，他就是因为愁眠，他睡不着，这里边有这么一个逻辑关系吧。我觉得说江边的枫树是可以的，这种理解是可以的，这个地方作为一种意象，江枫嘛，江边、水边的枫树，这里的枫还暗指了一个季节，那应该是秋季。所以我觉得这样理解，可能更符合诗的鉴赏规律。如果简单的就是一个地名的话，这种诗味就会减少许多。

这首诗是绝句，中国古代特有的一种诗的形式，虽然短小，但是值得回味，短小的，都是浓缩的精华。不能因为它短小，我们说它就流传不下来，中国古代的诗就是这样。钱锺书先生曾经讲，诗是那种非常短小精美的东西。这是中国古代诗歌的一大特点。

这首诗，它究竟好在哪里呢？题目叫作《枫桥夜泊》，泊是什么？泊应该是停的意思，船停下来的意思，停泊。诗人一开始说，“月落乌啼霜满天”，我们就可以想象，张继他是坐着船到这儿来的，这个船行的过程当中，他就在船上看，他看到了什么呢？看到月亮落下去了。月亮落下去说明了什么呢？天色越来越暗，天越来越晚，是这样吧？这是看到的。那乌啼呢？不是看到的，是听到的，这就由视觉转到了听觉，那乌啼会给人们带来什么样的感受呢？乌鸦的叫声，往往是给人一种比较愁苦的感觉，不是一种欢乐的感觉，是这样吧？所以月落乌啼，这已经是在渲染一种气氛了。那接下来呢？霜满天，那霜怎么会满天呢？霜应该是满地，为什么是满天呢？这是写诗人的一种感受，整个天地都笼罩着一种凄凉的寒意，这实际上就向我们先透露了这个季节寒冷。所以与后边的江枫，这个枫的出现就有了一定的照应关系，这就是他写诗的一种内在的东西。

那么我们把这一句再连起来呢？"月落乌啼霜满天"，既有视觉，又有听觉，又有感觉，还是我们感觉到诗人就坐在船上，一会儿看，一会儿听，一会儿又感受——这个船就这么无声地往前慢慢的行，慢慢地走，就在水里边，是不是这样呢？"月落乌啼霜满天"，之后呢？主人公才出现了。"江枫渔火对愁眠"，这个诗人在这个船上看到的是什么呢？看到的是水边的枫，看到的是船上的渔火，渔火就是船上的那个灯火。那个船上的灯火可能是在一闪一闪的，一动一动的，江边的枫树呢？可能是静的，这样一静一动，一亮一暗，这就是诗人所看到的东西。

在这样的一个环境下，诗人说对愁眠，"对"是什么意思？“对”就是伴的意思，江枫渔火伴着我，伴着我干吗呢？是不是要睡着了呢？不是，不是睡不着，而是无法入睡，所以叫愁眠，想睡而无法入睡，为什么无法入睡呢？愁，一个“愁”字，透露出了诗人内心的情感。那么我们作为读者就要去想，诗人为什么愁？是家里的事情还是国家的事情？可能都有，家事、国事，引发了他内心的这种愁绪，使他无法安宁。所以这就叫作愁眠。

当一个人愁绪满怀的时候，应该是比较痛苦的，那么怎么去解决这种痛苦，消除这种痛苦呢？还是一直就沉浸在这种愁苦之中呢？这后边的这两句写得尤其好。“姑苏城外寒山寺，夜半钟声到客船。”这里出现了一个寒山寺，这个寒山寺所处的位置就是在姑苏城外，大概有那么几里路，姑苏城就是现在的苏州吧。所以说在姑苏城外几里路的这个地方，有一个寒山寺。那么这个寒山寺给我们一种什么样的感受呢？寺是一个文化所在地，寺是佛教所在地，佛教是有它的佛的理论的，佛的理论讲究超度人，不要去愁苦了，去给人们消解愁苦。姑苏城外寒山寺，实际上就是向我们传递了这样的一个信息：这样的一个满怀愁绪的诗人何处去消解内心的愁苦呢？那可能到寒山寺里去是可以解决一点问题的。

就在这样的时候，夜半钟声到客船。寒山寺里的那个钟声响了，那个钟声就那么飘啊飘啊，就传到了诗人的耳朵里，诗人的愁绪会不会有所减轻呢？我觉得可能有所减轻，甚至诗人可能还要想，我应该好好的休息了，明天天亮的时候我要到寒山寺里去拜一拜，去和高僧谈一谈。这样，这首诗它的背后所蕴含的一种禅意就出来了。但是诗人什么也没说，这就是唐诗的特点，它用形象来说话，而不是把这个道理直白浅露地表达出来。所以当我们悟到了这一点的时候，我们读这首诗，读着读着，可能会发出一点会心的微笑，诗人应该睡着了吧，应该不再愁眠了吧。我想这样的一种人的心境，即便是在今天，现实生活当中也会有。

比如说我们高考考得不好，我们评职称没有评上都愁，当然这种愁是属于个人愁，也是一种愁。当遇到这种愁之后呢，我们就可以想，我应该读本书吧，我应该去参观某一个名人故居吧，然后去消解一下内心的愁绪。所以当我们个人的生活和这首诗建立起来一种联系的时候，我们就感觉到这首诗写得确确实实是好，它不仅是写景，还写人的内心。但是它写人的内心是不露痕迹的，让人们去悟出来的。这样当我们明白了这些之后，我们把这首诗再来完整地品味一下。

孟郊《游子吟》

慈母手中线，游子身上衣。
临行密密缝，意恐迟迟归。
谁言寸草心，报得三春晖。

孟郊，在唐代诗人当中是一个很特别的诗人，有一个说法就是“郊寒岛瘦”。郊就是孟郊，岛就是贾岛，郊的诗很寒，岛的诗很瘦。为什么郊很寒呢？跟他出身有关系，所谓这个寒不是冷得发抖的那个冷，而是他内心的那种穷困潦倒，不得志，而是他的诗非常的寒。当然他用的字也很奇怪，或者是比较奇绝。你看看他，最初多次去考试，都没有考上，他自己的价值没有得到实现。一直到了46岁，他中了进士，可以说唐朝的46岁，相当于今天的56岁，因为那个时候人均寿命很低。人均寿命，唐朝的时候就只有40多岁，而今天的人均寿命已经70多岁了。所以今天的46岁还是中年，那个时候已经可以说老夫了。所以中了进士以后他很得意，所以“春风得意马蹄疾，一日看尽长安花”。那种快乐，可以和李白的流放夜郎途中，突然大赦天下，被释放了，写的两句诗相媲美，是什么呢？“两岸猿声啼不住，青舟已过万重山”，都是一样的快乐。

孟郊到了快60岁的时候，写了一首让千古感动的诗，这首诗就是，“慈母手中线，游子身上衣。临行密密缝，意恐迟迟归。谁言寸草心，报得三春晖。”前面说的慈母，古今有不同的解释，慈母在先秦的时期不是指自己的亲生母亲，而一般是指奶娘，或者我们今天说的保姆，亲生的母亲不能叫慈母。后来到了唐朝，甚至是这个时候，其实慈母和母亲就合为一体了，慈爱的母亲了。所以我认为在这个问题上，我们不可以过分地用那些考据来伤害这首诗的真情，我认为慈母就是亲生的母亲。

“慈母手中线”，可见儿子要远行，要去做官，慈母就在灯下一针一针地缝他的衣服，儿子在床上辗转反侧睡不着，所以母子心连心。儿子身上的衣服正在被母亲一针针地缝着，我认为缝的不是线，而是缝的是母亲的爱，母亲的心血。我们今天很多的孩子对母亲的那种依恋，对母亲的那种深层的爱我认为有些单薄。所以我认为我们应该重新回到这个爱，“爱”的繁体字当中上面有个“心”，但是简化了以后，这个

“爱”字就把心去掉了，所以很多人就不用心去爱，也不爱那颗真心了，很多人开始爱钱，这是一个民族的悲哀。我认为应该重新回到心心相爱，爱母亲，爱国家，爱自己的亲人。

“临行密密缝”，就是一针一针缝得很结实，因为总是觉得外面的世界很精彩，但是也很无奈，外面非常艰难。孩子在外边做官，所以母亲把她那份结实的感觉，就是让孩子的衣服永远穿在身上有一种温暖感，一种结实感。“意恐迟迟归”，就是诗人感觉到，从母亲在缝这个密密的线，感觉到母亲担心孩子经常不回家，在外边漂泊，在外边辛苦，在外边仕途艰难。所以他是从母亲的角度，又从自己的角度反思。

“谁言寸草心，报得三春晖”。这个“三春”有两种说法，一种就是初春、仲春、暮春，我这儿倒有一种不同的看法。因为这个故事可以说稍微说远一点儿，关于母爱这个问题，曾经孔子和他的学生宰予有一个激烈的争论，宰予是孔子很得意的一个学生，但是这个学生有个缺点，或者也是一个大优点，就是口才特别好，可以说是今天大学生辩论赛的冠军。他就跑去找老师，说老师，你说“三年不为礼，礼必坏；三年不为乐，乐必崩”，三年不崇尚礼仪，你就忘记了，人和人之间的关系就崩溃了，就没有等级，就没有礼仪了；三年不为乐，我们就听不懂音乐了，或者是这个音乐就不能维持我们的和谐的社会了。但是你又告诉我们，父亲母亲死了要守丧三年，不能听音乐，要老老实实穿着孝服在家里边做事，你这不是自相矛盾的吗？你三年守孝完了不就礼崩乐坏了吗？孔子这么一听还真有点矛盾，而且学生抓住你的矛去攻你的盾，矛盾。

因此，孔子就用日常生活情感去感化这个学生，他说你看看，母亲生下我们，我们一岁还不能走，两岁还不能言，三岁才能跑。你看看母亲为了我们花了三年多的时间，母亲把他们最盛年、最青春的岁月托付给我们，他们越来越苍老、疲惫，拄着拐棍，最后干枯，躺在床上，最后埋入黄土岗中，我们难道不应该去尽孝三年吗？这是用人之常情，用日常伦理来感化学生。学生很顽固，说那不行。那老师就问，你觉得守丧几年合适呢？宰予想了想，一年，然后得意扬扬的，晃头晃脑就走了，把老师就丢在后面。老师闷着半天说不出一句话来，最后遥远地指着那个宰予的背影说："予之不仁也!"翻译成今天的白话说，是个不仁不义的家伙啊。这是第一次。

第二次，宰予他又去冒犯他的老师，他是伶牙俐齿的。我们知道，孔子比较口拙，他是一个善于思考，很有博大胸怀的一个人。而宰予呢，口齿伶俐。他就说，有人掉到水井里边去了，你应该去救吧？但你又告诉我们，儒家要把冠戴正，衣服穿好，永远要保持一种很体面、高风亮节的正面形象。但是您跳到水里边去，岂不是衣冠歪斜，甚至衣服缠在身上，很难看嘛，像落水的狗一样嘛。孔子又语塞了，他想，怎么会出现这种事情呢？怎么会呢？我猜想，孔子在思考，为什么不可以用个竹竿下去救他呢？为什么不可以丢根绳去救他呢？为什么不可以叫人去救他呢？我们知道，子路快牺牲的时候，他跟两个剑客比剑，被两个剑客所杀。他临死前还把地上的帽子端正地戴上，他被两把剑捅死，刺了心脏死了。这就是儒家，他们认为礼大于生命，他们认为一个人的光辉形象，大于他苟延残喘的肉体。那么这一次，宰予似乎又赢了，把老师说得张口结舌，你去读原文的时候就会发现，老师没反应过来说几句话。

到了第三次，老师急了，宰予昼寝，他白天睡大觉，老师就开始批评他了："朽木不可雕也，粪土之墙不可圬也。"就是那种朽木，你还去雕花干吗呢？一雕就掉一块。粪土之墙不可圬也，用马粪、牛粪糊的墙，你怎么可以画壁画呢？画不了，很臭嘛，底子不好，这是麻袋不能绣花的意思，这个学生底色，本色就不好。到了最后，孔子反省过来了，中庸之道很难，所以他又说的一句话，叫作什么呢？"天下国家可均也，爵禄可辞也，白刃可蹈也，中庸不可能也。"什么意思呢？一个皇上可以把天下禅让出去，难不难？很难。爵禄可辞也，一个丞相不要官，爵不要禄，不要他的薪水，难不难？很难。白刃可蹈也，翻译成白话文就是，在刀尖上跳舞，难不难？也就是说，做皇上的可以不要他的江山，做丞相的可以不要他的爵位，刀刃可以践踏而过，何其难？他说第四条，中庸不可能，中庸是最难的。他意识到当时对这个学生过分偏激，所以重新回到中正的立场。在他的临死前不久，把他列为言辞第一，他最优秀的学生。

我们再说回来，孔子为什么要说，要守丧三年？就是这个道理。所以“谁言寸草心，报得三春晖”。如果是说初春、仲春、暮春就太少了，才用了三个季度，九个月去报答，我认为不够。所以“报得三春晖”，我认为应该是三年之晖。这样我们就能感受到，孟郊在自己晚年得的官位，但是还是很清贫。你知道他很早就丧了妻，三个孩子夭折了。所以他为什么写诗写得那么沉痛，写得那么揪心，对母爱那么深沉？跟他的生命有关系。我们不可设想，一个天天吃得满嘴流油，打着嗝、剔着牙的人会写出孟郊这种刻骨铭心的母爱诗。所以儒家认为，知人论事，诗歌言志，诗歌言情，诗歌言道，从此可以看出来。

这首诗给我们的启发，就是一个“孝”字，孝顺的“孝”，孝行天下的“孝”。“孝”这个字大家注意一下，上面是一个“老”，下面是一个“子”。在造字的时候，就是一个长大的孩子，要把老人扛在肩上，要来去敬养他。我们的教育的“教”，左边是一个“孝”，右边是一个“文”，也就是说你要孝敬老人，又接受了文化教养，文而化之，你才是一个有教养的人，一个有教化过的人。你看中国人造字是很重视孝的。

这个“孝”，这个“三春晖”，都在孟郊的这首《游子吟》里边，都是把中国文化的大爱全部容纳进去了，尽管只有短短的六句诗，我们可以看出这个46岁中进士，六十多岁就去世的孟郊，他的一生是艰难的，所以他的诗也是深沉的。因为国家不幸诗家幸，往往生活很艰难的一些诗人，他更渴望爱。所以我认为中国文化很伟大，它包含了一种伟大的爱。

李贺《雁门太守行》

黑云压城城欲摧，甲光向日金鳞开。
角声满天秋色里，塞上燕脂凝夜紫。
半卷红旗临易水，霜重鼓寒声不起。
报君黄金台上意，提携玉龙为君死。

《雁门太守行》是李贺的著名的诗，这首诗应该说是非常非常著名。李贺是唐朝最有名的才子，应该说他对后世的影响也很大。唐朝三李，李白、李商隐、李贺，他们是齐名的。李贺这个人从小也是才华横溢，首先他被韩愈发现了，唐宋八大家之首的韩愈对他很推崇，他中了举以后，韩愈就劝他，你去考进士，要求取功名。结果呢，他正在准备考进士的期间，有人就开始忌妒他，说他的父亲叫李晋肃。晋肃的“晋”字和“进士”的“进”是同音，同音在封建社会要避讳，你就不能参加考试，参加考试你就违背了这个忌讳，这是对父母的不尊重。

这件事情使韩愈非常生气，为他专门写了一篇文章，叫《讳辩》，但是呢，也没有管用。结果，李贺就没有参加进士考试。李贺这个人是什么样一个人呢？他是既有才子情怀，又有英雄气概的人。他心中的抱负很大，但是又得不到发挥，再加上他的家境又很贫寒，所以说他只能用诗的形式来表达自己的情怀、自己的感情。他这首诗，正符合了他自己的风格。李贺的诗，后人给他总结叫他长吉体，因为他非常有特点。李贺，字长吉，所以叫李长吉。他的特点第一就是想象奇特，充满幻想。第二个特点就是融注词采，色彩浓艳。第三个特点就是新颖诡谲，又十分贴切。

李贺这首诗当中，我认为这三个特点都能体现，尤其是第二个特点，第二个特点就是融注词采，色彩浓艳。他就是用这种方式给人一种在意料之外，又在情理之中的感觉。尤其是他善于用色彩，每一句都有色彩，有金色，有红色，红紫色，还有黑色、白色等等，穿插在一起，这首诗就是色彩鲜艳、明丽，而且是非常绚丽的。同时，他又搞色彩对比，比如说“黑云压城城欲摧”，然后马上第二句就紧接着“甲光向日金鳞开”，这个黑色和金色的相对比，是力量的对比，色彩的对比，是正义和非正义的对比。我认为这首诗写得非常成功，也是诗人最具特色的一首诗。

李贺《南园》

男儿何不带吴钩，收取关山五十州。

请君暂上凌烟阁，若个书生万户侯？

李贺的人生是传奇，在唐朝他就被称为鬼才、诗鬼。他的人生，既早熟，又短命。这个原因很多，其中之一就是封建社会所说的避讳，不能让他考取进士，他又有英雄之气，又有才子情怀，得不到报国的机会，不能为国家出力，这是一个。第二个，他生活很艰苦，他的妻子早逝，后来他和妹妹和母亲在一起。最关键的，我认为李贺写诗太刻苦了，他几乎每天都是骑着一匹瘦马出去采风，到各地去游览，采风。每每有好的句子就写成一个纸条，然后扔进自己一个破的兜子叫诗囊。

每天回来之后，他母亲就打开这个兜子去看，如果一看到这个纸条多了，写的诗句多了，他母亲就说，哎呀，我的儿，你要非得把心呕出来才能止吗？她就很心疼地这么说他。但是，他还是这么坚持。他的诗几乎都是真情实感，自己去采风，然后回来晚上再整理，再成为诗句。应该说很可惜，这么一个人，如果不是在27岁就早早去世，会成为更伟大的诗人，我是很敬佩李贺的。

《南园》也是我非常喜欢的诗。“男儿何不带吴钩，收取关山五十州。请君暂上凌烟阁，若个书生万户侯？”他写得非常好，很有气势，又很有道理。就是说我们要报效国家的男儿，为什么不拿起枪来，不拿起武器来，来收拾我们大片的土地？这个很教育人。我们当兵的也好，不是当兵的也好，都很喜欢这首诗。但是，我还是认为，报国不一定非得去从军。从军能够报国，能够直接地报国；如果我们读书，在其他行业，只要有报国之心，都能够很好地报答国家。

柳宗元《与浩初上人同看山寄京华亲故》

海畔尖山似剑芒，秋来处处割愁肠。
若为化作身千亿，散向峰头望故乡。

柳宗元因为“八司马事件”被贬到广西的柳州，所以他做了刺史。“柳州柳刺史，种柳柳江边”，他用这个来自嘲。他在柳州的时候怀念家乡，就写了一首诗歌，他说“海畔尖山似剑芒”，说眼前的高山就像宝剑的锋芒一样。“秋来处处割愁肠”，秋天来了以后，看到那个山，就像割着我的肝肠寸断。“若为化作身千亿”，如果能把我柳宗元化为千千亿亿个柳宗元，散向峰头，把所有的柳宗元都散开来，散到哪儿去呢？“散向峰头望故乡”，在每一个高山之巅，都有一个柳宗元，一个诗人自己，在望着自己的故乡。

见到他乡的山，引发了思乡之情，那个尖山就像是剑芒一样，使自己愁肠寸割，诗人想象自己，如果能够化为千千亿亿个诗人，那么这千千亿亿个诗人一起都站到峰头上去，望着自己的家乡，可见思乡的情感多么的饱满，多么的深厚。这个手法后来为陆游所用，他特别喜欢梅花，所以他写了两句诗，叫作“何方可化身千亿，一树梅花一放翁”。在每一棵梅花树前面都有一个陆放翁在欣赏，他非常巧妙地借用了柳宗元这个表现手法。

刘禹锡《秋词二首》

其一

自古逢秋悲寂寥，我言秋日胜春朝。
晴空一鹤排云上，便引诗情到碧霄。

其二

山明水净夜来霜，数树深红出浅黄。
试上高楼清入骨，岂如春色嗾人狂。

刘禹锡，是一个很重要的里程碑式的诗人。孩子们为什么要读诗？我觉得起码应该有两方面最主要的作用，一个是受到诗的教育，美的教育。第二个，读一首诗，就是读到最后，最关心的不是诗，不是语言，是这个人，一定最后是我和那位诗人，两个生命的相知相遇，才是读诗最“爽”的一件事情。如果你实现不了这两件事，在某种意义上说你这个诗就没读好。从这个角度上来说，刘禹锡就完全符合这两个特质，刘禹锡的诗非常讲究美质，他是一个喜欢把诗写得很俊朗的诗人，他的诗有俊朗，有清逸，其实也有秀美，这可能是刘禹锡非常在意的部分。

刘禹锡的《秋词》就是一例。他有两首《秋词》很有名，有名的是“我言秋日胜春朝”那一首。“晴空一鹤排云上，便引诗情到碧霄”，这都是大家非常熟悉的名句。在他的笔下，秋天总是比春天更好。另一首，没这首有名，但是更美，更能体现出刘禹锡追求美的特质。他非常看重秋天的色彩之美，讲的是满树的深红和浅黄，配上一种很净朗、很纯白的秋色。在他笔下，整个秋天是清素的、清整的、清远的，也是清秀的、清丽的，就是这么一种感觉。他就说登上高楼以后，这种清气就会袭入我的骨髓，所谓“入骨”的意思，实际上是秋的气质和我的气质的一种相遇。也就是说，秋的主体精神进入我的身体之后，我感知到它了，我充分地接纳它了，我认同它了，这就叫“入骨”。所以他最后一句话说，“岂如春色嗾人狂”，“嗾”字本来是唤动物的词，他的意思就是说，春天容易让人形成那种很简单的、很浮浅的轻狂、狂妄、高傲，看不起人，但是秋不是这个气质，秋给人的一种更高朗、更整素、更端庄，让人更发自肺腑产生一种力量的那样的气质。

刘禹锡《竹枝词二首》

其一

杨柳青青江水平，闻郎江上唱歌声。
东边日出西边雨，道是无晴却有晴。

其二

山桃红花满上头，蜀江春水拍山流。
花红易衰似郎意，水流无限似侬愁。

刘禹锡为什么能写出《竹枝词》，我觉得这和他的性格特质是非常相关的。他的性格是什么样的呢？刘禹锡其实是个悲剧式的人物，他的一生基本上是屡遭贬谪的。他在 30 岁之前是很顺利的，可以说是有政治生命力的年轻后备干部，政治前途非常好。这时他参加了历史上有名的“永贞革新”，加入了那个“二王八司马”，首领就是“二王”，王伾和王叔文，“八司马”里头最有名的就是柳宗元和刘禹锡。柳宗元也是青年才俊，他也是有希望的政治储备力量，他的出身不是一个普通的家庭，是河东柳氏，名门望族，所以柳宗元从小就被寄予厚望，有很强的政治抱负。他和刘禹锡都是这个团队的核心成员，他们当时的政治期许是很高的。由唐顺宗组织的这个永贞革新触动了宦官的利益、藩镇割据的利益、大官僚的利益，大概持续了 100 多天，就失败了。从此刘禹锡就没有走上正规的发展之路，一直在做地方官，一直在遭贬斥，一直在沦为下僚，这个基本上贯穿了他的一生。

刘禹锡被贬谪，在许多地方做地方官，有名的是像朗州、连州、夔州、和州，没有名的地方还有许多，他的一生，基本上就是在漂泊，在政治上受压抑。但是刘禹锡的特点就是，直到他生命的晚年，从来没有服气过。他的性格正是在这样一种环境下塑造出来的，开朗、明快、刚健、秀丽、挺拔、俊逸，就是他的性格特点，正是这样的一个性格主导，才会让他走向民歌。

因为他有这样的政治遭遇和性格特质，所以当民歌传来的时候，在他的眼中是亲切的，是自然的，是美好的，是爽快的，是能够起到诗的意义和价值的，他于是就会自然而然地走进它。当然，民歌遇到刘禹锡也是民歌的幸运，在刘禹锡的诗才、杰出的艺术表现力里面，民歌才得以焕发出了生机。

从唐朝中期开始，文人开始有意识地填词，一直发展到宋，大家比较自觉了，写作的人很多了。唐朝中期的时候，刘禹锡就是一个，我们说是他一个“唱领者”。和他同时代韩愈、柳宗元、白居易、元稹都没有他做得多，做得好。这些诗人，向民歌学习的，都没有像刘禹锡学得这么充分，创作达到了这么高的程度。

《竹枝词》，我小时候就背的这个，开始第一句写的是景，杨柳青青，意思就是春风和煦，杨柳依依，低垂于江面上，江水涨了，水平如镜，所以这是一个美好的、优美的景色，中国写诗讲究一种起兴，就是先写景，来引起自己想表达的情。也许自己表达的情和景关系没有那么必然的联系，但是这个景有时候它就是有一种暗示，相当于杨柳青青就是指春天来了，指的是这个诗歌所说的时间，实际上也表达了这个人在青春时候的情感萌生，我是这么看，这是第一句。

第二句，在这个优美的环境之中，闻郎江上唱歌声，那女孩听到了，知道是谁在唱歌了。我说我也经常听到唱歌声，这个很容易听到，只不过她作为特殊的场景中的人，她听到的这个感觉不一样。她什么感觉呢？她说“东边日出西边雨，道是无晴却有晴”。当时春天的天气，也许是一个阵雨天气，东边出太阳，西边就在下雨，这个晴天呢，指的是天气，但是她的暗示，隐喻的含义就是心情，就是爱情、感情的有和无，说他是有情还是无情，当然她心里期望的是有情。用这样一个谐音，隐喻、双关味道的，那么就使得更含蓄，更能够刻画这种少女这种含羞不露的这种忐忑的心情。

这首《竹枝词》实际上是模拟一个姑娘的口吻，“闻郎岸上唱歌声”，她听到一个小伙子唱了一首情歌。这个姑娘内心是很丰富的，有着测度、估量、揣测、期盼等诸多的情感，而刘禹锡把这样的一个情感表现拿捏、驾驭得炉火纯青。这个姑娘就想，这是什么意思呢？“东边日头西边雨，倒是无晴却有晴”的意思是说，他是唱给我的吗？如果不是唱给我的，那他又是唱给谁的呢？但是她又觉得，真的是唱给我的吗？他是朝着我唱的吗？表面上他似乎唱得无心，但是实际上是不是他就是冲着我个人唱的呢？

在这里，他模拟了一个南方典型的天气。南方这样的天气很多，一边是红日当头，隔不多远的地方就细雨纷飞。这种常见的天气恰恰表现出这个女孩子她内心深处的感受，她不知道这个小伙子对她到底是有情还是无情，她在有情和无情当中反复猜度，然后展现出来的就是那种恋爱当中特有的一种状态，有一点点高兴，又有一点点焦灼，又有一点点期盼，又有一点点彷徨，又有一点点怀疑，但她还有一点点坚信。刘禹锡把这些诸多感情都交织在这个姑娘心头。这首诗最主要的就是，它把一个姑娘的心态，恋爱中的心态，还有恋爱中的心绪拿捏得太丰富、太精准，表现得也太充分了，所以这个诗才具有无穷的生命力。所以这个诗写出来，当然它就成为一个非常有名的作品。这首竹枝词能够在刘禹锡那么多的作品当中能够脱颖而出，而且在整个中唐诗歌的创作当中能够脱颖而出，那是有道理的。

“道是无晴却有晴”，这个“却”字用的好，它把恋爱当中那个感情展现得更充分。有一个版本是“倒是无情还有情”，这个有什么细微的差别？这个实际上，就是当时一种口语，一字之差，“还”在那个地方有转折的意思，好像无情了，但是呢，还留有一点感情；“却”就比较肯定一点，你说他无情，不，我觉得他有情，有感情。她认为宁可信其有，她作为一个听者，一个少女这么想，我们期待这份感情就说他有情。好像是无情，但实际上“却”是有了转折，实际上完全是有情。用无情的方式表达了有情的内涵，这是恋爱非常重要的特点，也是文学家惯用的手法。

第二首，花红易衰似郎意，水流无限似侬愁。说这个男子容易薄情，就像花容易衰一样，容易凋谢一样。女子愁，就像是水流无限，后来李煜写的“问君能有几多愁，恰似一江春水向东流”，和这个没有什么联系，但其实都是相通的，用流水来比喻愁。这是很好的比喻，把女孩自己心里的忧愁，比作一江春水向东流，无限流，这个愁很长，绵长无断绝的这个意思，就是“水流无限似侬愁”。

“蜀江春水拍山流”的这个“拍”用得也很妙。毛主席有一句著名的诗，“金沙水拍云崖暖”，用水拍岩石。这个是春水拍山流。如果这个蜀江春水汇入了长江，肯定是波浪之间相互拍打拥抱。毛主席写的“金沙水拍云崖暖”，那个“拍”字我觉得用法和这个差不多，但是更明确，就是水、浪花拍打岩石，这个是水来拍江水，两种江流的合拍。

作为民歌的竹枝词，首先是平白如话，因为劳动人民也不懂得多少诗书，他们就是用诗，用歌，或者叫歌词来表达自己的思想感情，写的是自己的生活。古代有一句话叫作“劳者歌其事”，劳动人民歌颂的就是他自己从事的劳动。

文人和民歌创作有什么不同呢？文人喜欢加工，讲究平仄，民歌一般不讲究这个。有的天然和于平仄，但可能不是有艺术追求的。还有就是，竹枝词经常使用中国汉语中谐音，像我们说的竹枝词中的两个 Qing 字，天气晴的“晴”和心情的“情”谐音。在魏晋民歌中还有莲花那个“莲”，和爱怜的“怜”、可怜的“怜”，那个怜是爱的意思，那么“莲子”，就是所谓“怜子”的一个说法，这就是利用了谐音的特点。其他的还有一些，比方说讲究比喻，竹枝词中还有“花红易衰似郎意”，你的心情，就是这个男子的心情像花一样红，但是马上就凋谢了，就是短暂，这种是比喻。

为什么叫作竹枝词？“竹枝”两个字历史上没有多少解释，我推测大概就是说，因为竹林经常是劳动和休憩的场所，劳动人民、歌者在这个地方唱，对唱，伴随一些自然的动作，比方说那个脚打一下节拍，叫踏歌。巴蜀一带产的竹子比较多，所以这个竹枝可能也是劳动生活中常有的场景，就写出来。采茶诗，就是采茶的时候唱的，山歌就是在山上唱，可能就是劳动场所的关系。

民歌就是用来唱的。我记得 50 年代还专门有过去采民歌，采集民歌再加工。中国自古以来有一种的传统，从《诗经》开始，就派一些人到劳动人民生活中去采民歌，采了以后，有的还不一定是它原来的样子，是经过文人、诗人重新写作加工过的。加工过以后，成了文人案头阅读的，逐渐转变为文人词。竹枝词虽然叫词，它还不能说是词，它还是一种可以唱的诗，后来把它写成竹枝词，写成歌词，大概在晚唐五代到北宋的时候，就逐渐转为文人写的词了。刘禹锡就是把民歌加工了一下，为唐诗开辟了一个新的诗歌园地。

有些文学，更多的来源于生活，生活实践之中，我们现在说的要接地气，现在咱们不是组织作家还要下乡去采风吗？但是像刘禹锡这种人，他政治上被贬了以后，人生不幸诗歌幸，深入民间生活，他能够发掘新的诗歌题材或者表现手法，把它写出来。所以我觉得文人时不时地走出书斋，到这个生活中去，接触这些生活中活生生的语言，然后再把它提炼，还是要提炼，我认为加工这个环节还是需要的，两相结合，结合以后，一个经典之作可能就会从中间产生。

刘禹锡所处的唐代也是这样，唐诗到他这个中唐的时候，已经是到了高峰阶段，那么这个诗坛上各种表现手法已经很成熟了，要想突破，那可能就要从新的想法入手。刘禹锡刚好政治上、人生上有一个机遇，使他接触到了民间，再向民间学习。我记得明代冯梦龙的《叙山歌》说过，就是美在民间，好诗是在民间。

李商隐《夜雨寄北》

君问归期未有期，巴山夜雨涨秋池。
何当共剪西窗烛，却话巴山夜雨时。

李商隐是晚唐的一位大家，是晚唐艺术成就最高的诗人，他的诗词藻华丽、精美艳丽，格调也非常感伤，“春蚕到死丝方尽，蜡炬成灰泪始干”，“春心莫共花争发，一寸相思一寸灰”，都是他的名句。

白居易说，他一辈子最佩服的一个人就是李商隐。白居易老年特别喜欢读李商隐的诗，可能是因为白居易诗歌过于浅近的缘故，所谓物极必反，便对那种繁文盛藻类的东西特别羡慕。据说，白居易有一次感慨地对李商隐说：“我死了以后，能够投胎做你的儿子就心满意足了。”结果白居易死了几年后，李商隐果然生了个儿子，于是便给他取小名为“白老”。

李商隐擅长作七律，他的诗精致华丽，用典和对仗工整，到了令人叹为观止的程度。李商隐写的诗，你好像永远都望尘莫及。清朝诗人叶燮在理论著作《原诗》中说李商隐的七律“寄托深而措辞婉，实可空百代无其匹也”，意思是有非常深的意境，用词非常微妙和婉约，就算是几百代的诗人也没有人可以跟他媲美。《唐诗三百首》里面收录杜甫的诗最多，其次就是李商隐，可见他的佳作甚多。我到现在，在本子上抄的，在心里记的，最多的就是李商隐的诗，平时把玩再三，反复吟哦。

李商隐的一生很不顺利，他受到了“牛李党争”的影响。“牛李党争”延续四十多年，对当时的社会政治影响很大，对文学的影响也很大。李商隐无意参加这种争权夺利的事情，但他的一些老师、朋友和同僚都是牛党这边的，而他的妻子王氏又是李党这边一个主要人物王茂元的女儿，这样他自觉或不自觉地就陷入了这个“党争”之中。有句俗话说，愤怒出诗人，李商隐就把他的这些悲愤和痛苦，都写到诗里了。李商隐和王氏，伉俪情深，感情非常好。这首《夜雨寄北》就是他在旅途中思念王氏，写给王氏的诗。

一个夜晚，一个下雨的夜晚，李商隐在四川巴蜀一带写了这首诗，当时王氏在长安家里，在北边，所以诗的名字叫《夜雨寄北》。这首诗在李商隐作品里面是非常有名的，咱们必须记得。

李商隐对王氏，是真的喜欢，他对她有很深的感情，他宁可为她抛弃自己的仕途，也不管曾经对他有恩的令狐楚和令狐绹。王氏在历史上没有很多记载，但从李商隐的诗中看，王氏一定是有过人之处。

李商隐的诗，就是美，词藻美，也华丽。美的当中还有点味道，很迷人，每个字都经得起你咀嚼，值得你去反复吟诵，所以也特别流行。

当时交通和通信业不像今天这样发达，李商隐思念夫人的时候，无法立即联系，他就把自己的那种惆怅写到了诗里，他在惆怅当中写出了这首诗。“君问归期未有期”，你问我什么时候回去，说不准，日子没准，谁知道这雨下到什么时候停呢，何况路也不好走。“巴山夜雨涨秋池”，这里押了韵，秋池的水都涨起来了。他的神来之笔就是后两句，“何当共剪西窗烛”，什么时候能得到这个机会，咱们俩一块剪烛，剪烛夜话。古时候没电灯，就靠蜡烛照明，点着了，那个蜡芯长了，它就暗淡了，就必须拿剪子把那个蜡芯剪了，它就更亮。这是一个生活的细节，他抓住了，说明他们感情之深。“何当共剪西窗烛”，西窗底下咱俩聊天，话话家常，说说知心话。“却话巴山夜雨时”，这个情感一下子就出来了，他这个回环，精彩就在于“巴山夜雨”这四个字的来回重复。开始的时候你不感到神奇，读到后来就不得不佩服他了。剪烛的时候，说什么知心话呢？说的就是今天，我在巴山夜雨涨秋池的时候，怎么怎么惦记你，那时候我回不来我就特别想你。巴山夜雨，重复出现，出现得如此缠绵，如此有力，亘古以来也就是这一首。

李商隐《锦瑟》

锦瑟无端五十弦，一弦一柱思华年。
庄生晓梦迷蝴蝶，望帝春心托杜鹃。
沧海月明珠有泪，蓝田日暖玉生烟。
此情可待成追忆？只是当时已惘然。

李商隐最有名的一首诗叫《锦瑟》，这首诗有人考证，也是写给王氏的，是在王氏故去之后，思念她的。

李商隐和王氏的深厚情感，都写到了这首诗里。他那种割不断的情感联系，就是“庄生晓梦迷蝴蝶，望帝春心托杜鹃”。我们俩的感情就像庄子和他的妻子一样，蝴蝶梦，在梦中化成了蝴蝶。为什么我说这首诗是在王氏去世之后写的呢？庄生晓梦，就是借用庄子的故事，晓，就是白天，白天就做梦了，梦到自己变成一只蝴蝶了，跟他的妻子一块在那儿，就像梁山伯和祝英台一样在那儿飞呢。“望帝春心托杜鹃”，古代传说蜀国的一个皇帝，他打了败仗被别人俘虏了以后，想念自己的家乡一片心思、一片美丽的心意，就像杜鹃啼血一样，空空地在那儿啼叫。

“沧海月明珠有泪，蓝田日暖玉生烟。”传说东海有一种鲛人，可能是美人鱼，在深海里，有美人鱼在活动。鲛人什么时候出没在海上呢？基本上都是晚上。珍珠在蚌壳里，多少年能育出一颗珍珠来，每一颗珍珠都是鲛人的泪化成的。他就形容这个岁月，把情感磨砺成一颗一颗晶莹剔透的珠子。大海就像一轮明月，照着一个美人鱼，捧出一个珠子，是她的泪化成的。

李商隐的诗对仗特别工整，沧海很难对，他就对上一个蓝田。蓝田出玉，“蓝田日暖玉生烟。”珠有泪也很难对的，他对的是玉生烟，在阳光底下，那个玉泛着光芒，就好像蒸汽，热气蒸腾上来一样，我们两个的感情就像这个一样，我们把辛辛苦苦的岁月，变成了珍珠、玉石一样，磨砺得那么美好，但是都过去了。

“此情可待成追忆？只是当时已惘然。”咱们生活里经常碰到这种事，两个人很美妙的一个瞬间，时过境迁之后，再回想起来，就像那首歌叫《同桌的你》，就是说不出来的那种感情，只是当时忽略了，当时没有保护她，没有太珍惜她。“只是当时已惘然”，很失落，人生当中经常会有这种情感，我有很多时候自己给自己一笑，错过了，想要找回来，找不回来了。

我看每个人都会碰到这种感情，都会有，就是你一不经意间，失掉了一个很宝贵的人，就是你没珍惜她。比方说你可以跟你的爱人多说一句话，说我爱你，你没说，让她一直惆怅，就是她会觉得，你没也说挺好，但是她觉得你说了不更好吗？就是这种感情。没有深情厚谊的，没有这种深厚情感的，很难写的出来。

“此情”，这种深厚的情感，我觉得李商隐的点睛之笔就在这儿，就是这个“此情”，很普通的话，没有什么精彩，什么特别修饰都没有，明白如画。这首诗也不是特深奥，好懂，但是确实非常深刻。你去挖吧，里面的感情你老没挖完，10岁的时候懂这首诗了，到20岁就觉得是另外一个境界，到了30岁回头再背这首诗，你又有更多的感悟。他这首诗，真经得起反复琢磨。我从中学时候就记得的，到现在83岁了还记得，非常深刻地记得的一首诗。

李商隐《无题·相见时难别亦难》

相见时难别亦难，东风无力百花残。
春蚕到死丝方尽，蜡炬成灰泪始干。
晓镜但愁云鬓改，夜吟应觉月光寒。
蓬山此去无多路，青鸟殷勤为探看。

李商隐还有一首诗叫《无题》。他这首诗据说是纪念终南山一个女道士。

他们俩好不容易见一面，这个面见得也很勉强，匆匆忙忙又分离，而且很多话不能用言语说的，人家守清规的。但是那个女道士又钦佩他的才华，特别喜欢他。四目相对，绝对有情感流通。在《无题》这首诗中，诗人有了至情，才会写出这种漂亮的文字。如果无动于衷，如果是漠然，或者是一种萍水相逢，就不可能写出这样的诗。

“相见时难别亦难”，我们相见就不容易，我们分别就更不容易，实际上是别更难，见面就不容易，见面之后很快就要分别，来也匆匆，去也匆匆。什么时候呢？东风无力，只有暮春时候是这样的，百花残，百花也要凋零了。这个季节就是所谓的伤春。这两句诗你换一个字试试都不行，明白如画，谁都能懂，没那么深奥，但是它凑到一起就是那么美，“相见时难别亦难，东风无力百花残”。

下面一句是个千古名句了，“春蚕到死丝方尽，蜡炬成灰泪始干”。他说的是自然现象，蚕一直吐丝，吐丝成茧，死了丝就没了，全部都吐尽了。古人用“丝”来比喻相思，比喻我对你的思念之情，情感之深。李商隐可不是简单的一面，有真情感流露，他是个性情中人。蜡炬成灰，写蜡烛的诗人很多，闻一多、徐志摩都写过，但李商隐写蜡烛的那个泪，蜡烛点着了，旁边的缺口就会流下一条一条的蜡油，好像是一泻千里，总是在流，成一堆。蜡炬成灰，蜡烧完了，成了灰了，他的泪才完。那感情多深刻？这两句诗我是从小就会背，其实是很简单，我觉得它美，而且觉得它深刻。

我写《江姐》的时候，就化用了这句诗。江姐知道自己可能会牺牲，她想什么呢？“春蚕到死丝不断”，她为革命做贡献，就像蚕吐丝，丝就没断过。到死我的丝也不断。为什么？留赠他人御风寒。我织成个丝被、丝棉，帮助别人，为老百姓谋幸福。我想想共产党人其实也是这样，共产党人的博大，就真应该这样，为人民，就像春蚕一样，你就吐丝吧，你的责任就是吐丝。至于拿来做什么？就是给别人，就是御风寒。一开始有人不喜欢，说我陈词滥调，套用古人，批评都挺严厉的。后来人们慢慢认可了，觉得可以用来比喻共产党人的品格，还是对的。我把这个古诗解读出另外一种意思，这是无可非议的。

“晓镜但愁云鬓改”，早晨起来照镜子，是不是担心又衰老了一分？道士有云鬓，女道士也是一样。“夜吟应觉月光寒”，晚上我在作诗，我就觉得月光也是冷的。“蓬山此去无多路”，蓬山，也就是蓬莱，就是海上的仙岛，好像没多远，将来成仙你也到那儿去，我将来灵魂也到那儿去。“青鸟殷勤为探看”，就是咱们派一个使者，先去探探路。

这首诗里最精彩的就是，“春蚕到死丝方尽，蜡炬成灰泪始干”。千古流传，比喻了一种深深的、深深的爱情。人们把“春蚕到死丝方尽”引申成别的内容还有许多，当然更多的是比喻爱情的坚贞，但是也有比喻做人的道理，也有比喻做人的风格。李商隐的至情，就出来了这个名句。他就是表示我对你的坚贞，你别看咱们俩不能在一起，但是我对你的爱，绝对是超出这个生活层面的。人们喜欢这句诗，就是因为这句诗形象、准确而又生动，以至于人们没法忘记，不懂诗的人张嘴也能来，“春蚕到死丝方尽”，就是表示我对你一片诚心、一片忠心、一片爱心，反正我到死为止不会断的、不会变的，就是一种矢志不渝的感情。

李商隐《无题·昨夜星辰昨夜风》

昨夜星辰昨夜风，画楼西畔桂堂东。
身无彩凤双飞翼，心有灵犀一点通。
隔座送钩春酒暖，分曹射覆蜡灯红。
嗟余听鼓应官去，走马兰台类转蓬。

李商隐有一首著名的《无题》。“昨夜星辰昨夜风”，昨夜的星辰已坠落，昨天晚上，星星还是那个星星，你还记得吗？在哪儿呢？“画楼西畔桂堂东”，你看这地点多好？画楼和桂堂，这两个建筑物，画楼西畔，俩人在外头，拉着手，大概是这个意思。他是一种回忆，回忆昨天晚上的情况。

下面这一句也是千古名句，就是像“春蚕到死丝方尽”一样。“身无彩凤双飞翼”，其实双飞翼有点刻意为之，因为彩凤都是两个翅膀，它缺一个翅膀，就飞不了。“心有灵犀一点通”，灵犀就是犀角，上面有一根白线是通着的，这是古人讲的。这句诗是说咱们俩不能在一块，分别就分别，没办法，虽然我们不能在一起做个彩凤双飞，但是我们两个的心永远是在一起的。

古书记载，有一种犀牛叫作通天犀，是中国古代传说中一种灵兽。大家都把通天犀当作一种灵异之物，所以叫它灵犀。而单说犀牛角在古代也被认为有很多灵异的能力，比如镇妖、解毒等等。李商隐这一比喻新奇脱俗，又很贴切。长期相处在一起的人，对于对方的性格、举止、习惯很了解，在某些时候甚至不需要语言来交流，就能非常默契。有时候他一个眼神，你马上就能会意，这就是心有灵犀。李商隐这一句已成为成语了。

清朝有一位诗人袁枚，他写了一句诗，“但肯寻诗便有诗，灵犀一点是吾师”。袁枚，是个大才子，他整日寻诗不见诗，找不着写诗的感觉，灵犀一点是吾师，一个灵感到来，就写出了好的句子。

“隔座送钩春酒暖，分曹射覆蜡灯红。”唐朝人喝酒，也喜欢同时在酒席宴上玩游戏，比如酒令、击鼓传花等，隔座送钩，可能就是击鼓传花游戏的一种，你传给我，我传给你，谁输了谁喝酒。分曹射覆，射覆就是类似猜色子，一打开扣着的东西，看看猜没猜中。李商隐诗中特别爱用“蜡”，“蜡炬成灰泪始干”，这边是蜡灯红，还有“蜡照半笼金翡翠”，这主要是写晚上活动。春酒暖对这个蜡灯红，我觉得也是非常漂亮的。春，是个季节，蜡，其实也是时间概念。蜡灯，照明用的蜡烛，外头有罩子的就是蜡灯，没有的就是蜡炬。“分曹射覆蜡灯红”，你似乎能听得见他们玩游戏时的喧闹声、嬉笑声，打情骂俏的声音都出来了，声情并茂，真的很漂亮。

“嗟余听鼓应官去，走马兰台类转蓬。”可惜了啊，鼓响了，我得上朝去了。天明击鼓，就像是起床号，得上朝了。走马兰台，兰台就是他们集合的地方，他骑着马到那儿去，就像那个到处漂泊的转蓬，很无聊很没有意思的，任风摇摆，受人差遣，到处走来走去。他就是后来一下子变得现实了，本来很浪漫的。浪漫着浪漫着，更鼓响了，我得走了，就走了。这首诗就到这里戛然而止，漂亮就漂亮在这儿。

李商隐《无题·飒飒东风细雨来》

飒飒东风细雨来，芙蓉塘外有轻雷。
金蟾啮锁烧香入，玉虎牵丝汲井回。
贾氏窥帘韩掾少，宓妃留枕魏王才。
春心莫共花争发，一寸相思一寸灰！

李商隐的诗，写得好，历代化用的也非常多。毛主席非常喜欢李商隐的诗，这从他老人家的诗中也能看出来。李商隐的《无题·飒飒东风细雨来》，这里面有一句诗叫“春心莫共花争发”，这也是千古名句。春心啊，你别和那些花去争谁先萌发。毛主席写给贺子珍的诗中有一句，“春心乐共花争发”，说春心愿意跟你一块发，就是从这儿化用的。实际上，毛主席的很多诗都是把李商隐的诗拿来一化用就成了名句，这个多得很。毛主席还有一首，《送瘟神》里有一句，“坐地日行八万里”，这是化用了李商隐的《瑶池》，“八骏日行三万里”。毛主席还有一句，“别梦依稀咒逝川，故园三十二年前”。别梦依稀，李商隐有《春雨》，“残宵犹得梦依稀”，这个也不能不说有点影响。李商隐的《重有感》，“岂有蛟龙愁失水？更无鹰隼与高秋”。毛主席写出了“独有英雄驱虎豹，更无豪杰怕熊罴”，这个更有气势，更打动人。

毛主席也化用过陆游的诗，但他有时候反其意而用之，却顺着也把那句话给升华了。陆游写的“驿外断桥边，寂寞开无主……无意苦争春，一任群芳妒”，毛主席写出了“已是悬崖百丈冰，犹有花枝俏。俏也不争春，只把春来报”这个气势和深度，和陆游那首诗是恰恰相反的，反其意而用之，也是一种化用。

这就是一代伟人，他那个胸襟、豪情，文艺修养、诗词修养，我都是非常仰慕的。毛主席爱看历史，爱看诗词，我认为咱们的革命领袖里边，真正懂得诗词，写得诗词好的就是毛主席。

李商隐一生写了非常多的《无题》诗，这在唐代诗人中也是历代诗人中都比较罕见的。因为只署着“无题”二字，没有点明写的是什么内容，这就不能不引起后人的许多猜测议论，所以千百年来对这些诗的解释一直是仁者见仁、智者见智，不少诗仍像没有解开的谜语。

李商隐《无题·来是空言去绝踪》

来是空言去绝踪，月斜楼上五更钟。
梦为远别啼难唤，书被催成墨未浓。
蜡照半笼金翡翠，麝熏微度绣芙蓉。
刘郎已恨蓬山远，更隔蓬山一万重！

李商隐的这首《无题》，也是一首好诗。

“来是空言去绝踪，月斜楼上五更钟”，这是神来之笔。来是空言，你说你要来，但你没来，去绝踪，你一走就没回来过，咱们分别在哪儿呢？月斜楼上。什么时候呢？五更钟，天都快亮了，月西斜，挂在楼台角上。

“梦为远别啼难唤，书被催成墨未浓。”梦为远别，很久很久没见你了，在梦中都流眼泪了。我曾经想过，下面的句子很难对，可能没法对上。然而他就对上了，“书被催成墨未浓”，好有生活的感觉。唐代的时候，写信用的是毛笔，墨还没有磨好，都没浓，他急着赶着给她写封信，他们不在一起，他想她，思念她，才有“梦为远别啼难唤”，完了写信呢，又被催着，马上就有事，墨未浓，信就这样写好了。我觉得特别深刻，我就想不出来，因为我也没那个生活体会，写不出来。

“蜡照半笼金翡翠，麝熏微度绣芙蓉。”“金翡翠”也非常难对，什么能对翡翠呢？我对过，“玉苁蓉”也觉得不好，不如他这个“绣芙蓉”。金翡翠是袍子，绣芙蓉也是袍子，都是衣服。麝熏，就是麝香，他们那时候流行点香。微度，就是轻巧地飘过来，飘在你的衣襟上、你的裙子上。“刘郎已恨蓬山远”，整个都是回忆，整个都是纪念原来的事情，纪念昨天晚上或者是前天晚上，或者是上个月的那一次相会，那一次幽会，给人一种无穷无尽的感觉。

李商隐是个文学大家，他写爱情诗写得入神，写得入骨三分，写得那么透，但是他有一种雅致的美，一个是用典，一个是文字的华丽，他让我们永远记得住。

李商隐《登乐游原》

向晚意不适，驱车登古原。
夕阳无限好，只是近黄昏。

李商隐有一个《登乐游原》。这个到现在，也是后人经常传诵的。就四句，“向晚意不适”，傍晚了，我不高兴，心里有点不痛快。“驱车登古原”，陕西那边的，老有那种高一点的土坡或者高地，叫原。去乐游原，那个地方叫乐游原。我估计他那个车也就是手推车或马车，他虽然是个小官，但也可能有车坐。

“夕阳无限好，只是近黄昏。”这两句诗可了不得了，一直到现在，中央台的栏目《夕阳红》还有很高的收视率。叶帅的诗，“老夫喜作黄昏颂，满目青山夕照明”，就是从这儿来的。后来更多，不胜枚举。被学界认为是不妥的，与诗人的身世、当时的心态不符，后文说得还比较客观。

黄昏一般很容易让人伤感，特别是像我们这些上岁数的，一到黄昏，就觉得又是黄昏了，一天又过去了，总有点悲。但李商隐这首诗不是这样的。古往今来有很多人对他这首诗有两种解释，一种解释是乐观的，一种解释是悲观的，就是这两句，“夕阳无限好，只是近黄昏”。夕阳很美，要不怎么是夕阳红呢？乔羽先生写的，夕阳是迟到的爱，陈年的酒，晚开的花，你看看，夕阳就是美，最美不过夕阳红。

李商隐登上了原上的高处，一看，感觉非常漂亮。一个辉煌的、灿烂的大太阳，真美啊。他那时候岁数也比较大了，也感叹自己的身世，又想自己的身体，而且那个时候身体也不太好，要好的话他就走上去了，不必坐车。“夕阳无限好，只是近黄昏。”这个话看你怎么理解了。如果你感到有点悲凉，心情可能就比较沉重。另外一种是乐观的，就像叶帅写的，“满目青山夕照明”，一派生机。就是两种感情，乐观的人读了这首诗感觉就是乐观的。

我们后来老百姓用这个话，用得多的，这两种意思都有，我很难说哪一种更普遍。当然这首诗流传下来了，流传下来就是好的。历史老人是苛刻的，不是说随便写一首诗就能流传下来的。

我记得一首清朝的屈大均写的诗《梦江南》，写落叶。“纵使归来花满树，新枝不是旧时枝”，这使我很感动。叶子落下去了，明年又发了，满树都是叶子，归来花满树，这多富丽堂皇，多美，但是对不起，新枝不是老枝，原来的老枝没了。这个也是很深刻的一个道理。

附录　阎肃口述*

阎肃口述之一

我就是实实在在干活的，现在要宣传我，感到芒刺在背。要说自己吧，我感到有这么三点，一是怎么在部队成长的；二是做了点事，也没有闲着，一天到晚忙着，主要是干中宣部、文化部的活，还有广电总局、中央电视台的事，可以说近年来中央组织的重大活动我都参与了；三是写了些东西主要是歌剧、歌词等。

我是河北保定人，念小学念了两年，一直到1937年“七

---

* 这是阎肃同志于2010年3月间做的口述，由解放军空军政治部宣传部整理。本书经授权首次披露。

七事变”，之后日本人打到湖北，我们就逃到了重庆，赶上日本人大轰炸，可以说片瓦无存。

我父母是天主教的忠实教徒，我从小受洗，身上点了圣水。日本人轰炸是一个转折点，当时父亲带着母亲和我逃出来，我记得两边都是大火，就抱出来两三个包袱，我父亲跑到嘉陵江边号啕大哭。人没亡，家破了，什么都没有了，像水“洗”了似的，就像丧家之犬。但是祸福相依，父亲带着我们逃到教友处，也就是南岸的观音山，也叫慈母山，那里有个修道院，为天主教培养神父的，我妈妈在那里洗衣服当佣人，我就在教会学校里插队上学，那里是不收钱的。上学之余，我还拾过煤渣。成为修道院学员后，我就学三门课，国文，也就是语文，还有数学、拉丁文。我学拉丁文还挺棒，因为教会念经不是英文，也不是俄文，都用拉丁文。我唱歌与它不无关系，说实话，每年圣诞节啊、复活节啊就唱。

学语文，那时就是国文，教我语文的是一个老神父，他是晚清的一个秀才，他根本不懂任何白话文，他一脑子都是四书五经，所以我的古文底子就是在那时候奠定的。搞文学啊，要有点古文底子，你看毛主席、你看鲁迅的古文底子就很深厚。第三，学数学。父亲有个教友是留学回来的，抗战时期在重庆集合了许多精英人物。就这样三门功课，培养我当神父。这些课的目的，是让我将来传道时，有点基础。

父亲是个票友，我从四五岁时就跟着父亲看戏，这跟我日后发展有很大关系。从小我就跟着父亲看戏，那时候就看《黄金台》《马前泼水》等，使我对舞台艺术、对戏曲，有一种爱好。因此在修道院我也搞了一些戏剧，尽管是学员。每年过节日，我也组织学员演一些故事。由于对戏剧的爱好，每天排点戏，自己往往就是编剧这个角色，比如排过《圣女贞德》《天使与魔鬼》等。我没有上高小，每天就是读书、念经、祷告这点事，我考试名列前茅，第一名。第一名的待遇，获得的荣誉就是敲钟，每天早晨四点多钟起来敲钟，没有巴黎圣母院的钟大。到现在为止，那个修道院可能还在。我在那可能待了五六年。

我太爱戏剧了。就这么，每年复活节，特别是圣诞节，我都演些戏，演着演着，醉心于这个，结果成绩到了第三名，敲钟的权利就没有了，为这事情我母亲大为光火，就流着泪批评我："我们好不容易培养你，你说你演什么戏呢？"所以又不演了，后来又恢复到第一，一努力就到第一了。练到第五六年，我父亲就到了城里谋了个差事，成了一个公司的相理，他们建了一个旅馆，叫新都招待所，实际上有六七层楼那么高。他督促把房子建起来，他在那属于相理。那时，分总经理、经理、经理助理、副经理、相理，我父亲是相理，相助的相。他在那是管事的，开张了，有了固定职业，就把母亲接到了重庆城里。那时日本人轰炸已经没有了，就是抗战后期了。到了 1945 年，正好是抗战末期，胜利的前夕，日本人也没法轰炸了，转成陆路了。重庆的生活比较安定一点，但是民不聊生，国民党进行的三次币值改革我都见过，法币改官金，官金改金圆券，再改银元券，完了改银元，袁大头。父亲到了城里，别人就劝我父亲让我正儿八经念个书。兄弟姊妹里我是老大，当然还有两个妹妹先后夭折了。有一个活到三岁就死了。我说我这辈子很有可能当教父。完了以后，父亲当时就找了重庆教区的一个大头头，是个主教，中文名字叫尚可喜，告诉他，说我们这孩子不念了，想退学。那时，我毕业了，要把我送到重庆另外一个高级修道院深造。如果我继续念下去，毕业了，升了，就会进入更高级的教会学校。那一步要是走成了，说不定我就是主教，没准现在还是宗教的政协委员。那个主教非常生气，用法语骂了我三个钟头。他舍不得我，说什么，下江人（长江下游上来的）不可靠，我们这么对你，你这么对我们，我们一心想把孩子培养成在中国传道的神父。但是，父亲很坚决，一定要带我走。最后结果是，主教说“走吧、走吧”。

接下来，有一个暑假训练班，重庆南开中学的暑期学习班，我没学过生物、历史，没学过地理、化学等，就是学过那么点可怜的古文。但是一个暑假，我恶补了语文，又恶补了一点英文。因为拉丁文和英文的字母一样，只是语法结构不一样。没想到，经过一个补习班后，我居然考上了南开中学。其实南开是很难考的，况且我有偏科。他们要求挺高的。

那时候语文门槛挺高的，有一年清华大学入学考试，就出了个对联，上联是“孙行者”，对上了语文就过关。那年就两个人对上了，一个是陈寅恪，另一个也是个大学者。这我印象非常清楚，有人对了“祖冲之”，有人对了“胡适之”，这两个人都考上了。“祖”对“孙”，“胡”对“孙”。“之”和“者”非常难对的，对得工整极了。唯一的缺点就是“行”和“冲”都是平声，“胡”没有“祖”好。南开考的题目我记不得了，但我语文分很高，数学也可以。我就进南开了，这是 1946 年夏天了，我 1949 年毕业。在南开，那时候高中分文理科，我理科是毕不了业的。那时候，南开的教师人才济济，我的老师一教地理，一上来就是“我的老师竺可桢”，上来就是“公元多少多少年，”一肚子都是历史，我在那里如饥似渴。

南开业余文艺活动极为频繁，什么都有，我演戏的欲望在那得到了充分发展。我记得高一、高二我写了个独幕戏，评为暑假作业的展览作品，那是我的处女作。高二我就是文艺骨干分子了，招生啊，接待啊，都是我们做的。我是学校的业余文艺活跃分子，参加了学校所有的演出，演英文剧、朗诵、说相声、打快板、演话剧，就没闲过，还有唱京戏，都干过。当时，国民党在学校也有“三青团”，但力量比较弱，学生是被进步力量控制的，有地下党是我们的教师，事后知道的，当时觉得这些人可亲。比如教我语文的老师赵晶片就是地下党。教师里，除了学者型的，好多都是地下党。

当时，校园里放许多美国大片，比如《出水芙蓉》《卡萨布兰卡》等，影响很大，轰动一时，学生是观众的主体之一，那时票价比现在便宜多得多，那时的翻译比现在好，名字非常讲究，比如说《六宫粉黛》，这么多年了忘不了，我如饥似渴地学习着。当时，物价飞涨，我们拿一麻袋钱才买一盒火柴，就是你所有资产在一夜之间就成为零。四大家族横征暴敛。那个腐败程度是明目张胆的，我们自然倾向于进步，“山那边好地方”，就想听听延安的声音。当时，追求进步简直是民心所向，逐渐我参加了一系列进步学生运动，慢慢地成为地下党外围组织的成员。

真正的地下党游行时都不是走在最前头的，是我们这些人走在前头，这一点国民党也清楚。我不是在脸上贴金，当时历次的学生运动我都参加了，青年学子一腔热血。我相信在座的在那时候都会这样的。可以说我是兼收并蓄的，既看到了“五四”以来的新诗，老舍的戏、巴金的作品，学到很多中国的作品，又看到了很多美国腐朽的文化，我们也同时接触到了延安来的文化，看了很多类似托尔斯泰的作品，俄罗斯的文化，加上高尔基的作品，都来了，接触的范围非常大，正反两方面，所以我会唱《兄妹开荒》，在文化大撞击中，我的思想进步了。后来我总结自己，哪方面都接触了，你说施特劳斯我知道，你说《黄河大合唱》我会唱。中西文化都知道，我得益匪浅，是时代造成的。……还有反饥饿、反内战，所有的游行我都参与了。

每次上街游行，我们都会遭到血洗。国民党特务对付学生可有一套，四川是个袍哥世界。当时，我们也很防范，学生走在外面，女生和党员在中间，一般别人冲击不了。特务当然知道。当时重庆有帮派。我们在街道游行，特务就让帮派的人扮作两支队伍。一支是迎亲的，一支是出殡的，抬个棺材。我们走到路上，他们的队伍从巷子里出来，我们只能让他们过。这一过，队伍立刻就被冲成了三节。不知谁把孝子碰倒了，其实他自己故意摔的，这边谁把新娘脚踩了，整个队伍全打乱了，他们抡起棒子就打，棒子上全是钉子，一打一大片血。整个队伍全被打乱了。而且旁边卖馄饨的、喝馄饨的全是特务，只要想治你，人家就有办法。你不知道谁是特务，谁是袍哥。他对你一目了然，你在明处啊。所以校场口血案啊，我们都经历了。特务我接触过，国民党的特务，他是生怕你不知道他是特务，你要知道他是特务，他才好横行霸道，才好为所欲为，他想怎么做就怎么做。那时候，我们吃大亏了。

我那时功课中等，不是前茅，数理化根本不行，底子就差。加上老师用英文讲课，我英文不行，拉丁文派不上用场，很难懂。那三年，除了演戏，闹游行，就是读书了。可以说，高中那三年，我读了很多书，加上古文底子好，这个过程我觉得对我的一生起了很大作用。那时，追求进步成了思想主流。我对共产党最朴素的心理就有了。经过时代大风潮和大浪，是时代推动你往前走，一直到解放。

1949 年 11 月底，重庆解放，因此江姐是在狱中听到即将解放的消息。解放后，立刻就是解放区的天了。那时，刘伯承、邓小平的二野进驻，1950 年 5 月份，重庆搞了一个大的暑期学员班，我当时已经考上了重庆大学，我那些同学解放以后立即转到清华、北大，什么留捷克的、留苏联的，都走了。我当时还考上了四川大学，因为家在重庆，我就上了重庆大学，念大学，仍然是刚才那一套，业余文艺活动文艺骨干。当时我是暑期学员大专文艺部副主任，主任是西南团工委派去的，我是副主任，我组织学生的文艺活动。那时候我已经转团了，刚解放就转团了，因为是地下党外围组织，就自然而然转成团员了，我是最早的一批团员，就是重庆地区新民主主义青年团团员。那时候，团西南工委组织部找我谈话，“你是否可以考虑不念书了，团西南工委要成立一个青年艺术工作队。”说老实话，我还真愿意。我当时学的是工商管理系，我想当厂长，想实业救国，共产党依靠工人。到那时候，我想，干脆搞宣传也挺好。这时候要我招兵买马，就是招生。这个队后来变成了西南青年文工团，我就一直是这个团的一个骨干吧。这是 1950 年。当中，我还参加了两期土改，我是土改工作队的副秘书长。秘书长忙得要命，他不在，事都堆到我这了。土改工作队，在四川，在成都郫县，我后来写刘二姐，写农村那一套，都在这，所以说生活不欺骗你就在这。慰问根据地，我去了。到 1953 年，我被调到了西南军区文工团，我们队里好几个人都调到这里，部队看上我了，我这就入伍了，但军龄从 1950 年算起，因为我 1950 年就参加革命了。一穿上军装后，因为是大学生，就是排级干部了。那时候不是义务兵。1953 年在西南军区两年，我当时走遍了西南各地。贺龙司令员在成都搞了两期声乐训练班，我是班里的行政秘书，同时又是四声部的声部长。请了两个专家在那里教。到了西南军区后，叫"一专三会八能"，即有一门专业，会写会编会演（会弹），八能就是能这个能那个……就是培养的是全才，什么都得会。1955 年大军区撤销，刘亚楼说支援空军建设，把我们整个团分成两拨，我们这一拨整个到空军。从 1955 年一直到现在，我一直在空政文工团。这就是我简单的历史，对我日后写东西，都有根源，都有好处。渊源就是这么来的。这就是第一部分我怎么长大的。

到了部队以后，也不是搞创作，我是四声部声部长，我任团支部书记、党支部委员。那时空政文工团是 600 多人，三个团一个队，歌剧团、歌舞团、话剧团、军乐队。那时候团长是黄河，政委是陆友，都是三八式老干部，副团长全是音乐家，文工团在北京是盛极一时，威风八面。我是作为合唱队的一个，但不是队长，是队长的助理，合唱队的秘书。我嗓子好，是男低音，演了很多上街宣传的活报剧，自己编的。比如《瘟神东流记》，艾森豪威尔到东京访问，我们就搞了这个，我编剧的才能就是那时候来的。还有《不准随地吐痰》《破除迷信》等，在王府井演出，很受欢迎。那时候，文工团配合形势任务，在北京是急先锋，做得是比较好的。各种活报剧我是连编带演。其中一个相声《大家负责》，那时候空政领导批评有些人什么责任不负，我们就写了这个剧本。

我在进作协前，是曲艺家协会会员。那时候下部队，我的相声一般是七次都下不来台，很受欢迎。到了1958年，成立歌剧团，领导说你又演戏又唱歌，你到歌剧团去吧，写了个歌剧叫《红色飞行员》，我导演的，也没有火。后来，到了1959年，文工团领导说你别演戏，搞创作吧，我一百个不愿意，我闹情绪，我说在台上多过瘾啊。我在台上还挺受欢迎的。我业余写一个成功一次，表扬一次，嘉奖一次。现在让我专业搞创作，我特烦恼。“不干不行，组织决定。”我没有说过二话。我说：“什么时候回来？”他说：“第一个任务是下部队当兵去。”我说行。“你不要考虑什么时候回来，把行李搬下去，你到部队当兵去，什么都不要写，就老老实实当兵，什么时候回来再说。”那时候也服从啊。光杆一个，没有朋友，也没有老婆。那时候，我、羊鸣，还有姜春阳等，在18师当兵，收获很大，知道了什么叫压力，什么叫责任。我当副指导员，指导员学习去了，整个交给我了。每个人管八架飞机。他们一说有架飞机起落架下不来。那架正好是我管，我汗马上下来了。支架支起来，我说测试吧，如果有问题，全连的“五好”就泡汤了，我就无颜见江东父老。后来说飞行员动作太粗，新飞行员啊，不是机械师的事，我才懂得什么是责任。当了一年兵，写了三个小戏，也没有火。当兵的末期，我看到一个机械师，自己的飞机没有回来，晚上他眼睛直勾勾看着天，看着天边那点霞光，我想他们的心都在天上，我感到他们太爱这片天了。加上一年了，我跟部队非常熟悉，在外场值班，我给飞行员变魔术，玩，勾肩搭背，他们想什么我都明白。一天傍晚，我忽然想，他们都爱天空，就油然而生写了一首诗《我爱祖国的蓝天》。晚上干部碰头会，我给他们念，姜春阳一把就抢过去了，第二天就写了个歌《我爱祖国的蓝天》，写完后，没有火起来，但也很好听。羊鸣气不过，他又写了一稿。拿到文工团，火了，那时候不像现在，没有什么电视，什么也没有，火得出乎意料。这好歌真怪，没有“脚”，“走”了，没有“翅膀”，“飞”了。就是无心插柳，就是精诚所至，金石为开。我们自己都出乎意料，赶上文工团到部队演出，我代表部队致辞，自豪啊。

当时，部队“两忆三查”，我是“引苦员”啊。我自己老说那点事，也说不出来了。我就念了个短小说，叫《瞎老妈》，“瞎老妈苦啊，三个儿子啊都死了。老大……”到连队，就这么念，念完以后马上战士就哭了，“我爹我娘我奶奶……”，屡试不爽，效果极好，政治部领导很高兴。文工团演出，我是忙里忙外的，又是欢迎这个，又是被欢迎。

我那时看了一篇文章，赵树理写的，叫《论久》，长久的“久”。意思是说，要有生活，浅尝辄止不行。这对我有启发。我到部队当兵头一阵子还闹情绪。你不知道要待几年，无底洞，它是无期的。没完了，很被动，三个月之后，几个人一商量想通了。所以我有一句话就是：“主动变自由，被动你得过”。你被动不如说我要来，我主动，一切都自由了。我一下子就很“自由”了。

再说抗美援朝，我就去了两次。第一次去还没有完全停战，就是慰问志愿军和人民军。那时候学会了很多朝鲜歌曲，朝鲜的老歌，游击队的歌，人民军的歌，两边演出都很受欢迎。也算是赶上一点炮火的洗礼。实际上，打仗没有参加，有时候也躲轰炸，大多数时间在跑路，给两边演出。我属于前站，到了部队，不管是中国的，还是朝鲜的，先了解好人好事。比如，有个某某某，他有什么优点。有一套现成的模板。我领唱，我还找两个人一起唱，“比如某某某啊，打掉了美国一个加强排啊，嗨呀”。走到哪里哪里火。第二次，主要是演出。两次去朝鲜，基本上都是慰问演出，一天演个三场两场的。我会很多朝鲜歌。前年，跟总政的人到朝鲜访问，接待我的人一听我会唱那么多朝鲜歌曲，很惊讶，没想到，发音很纯正，都是金日成时的老歌。马上距离拉近，没想到中国人会唱那么多朝鲜歌。

从此开始了创作生涯。在这之前我写过一个歌曲，在北京写的，叫《只因我的小银燕是祖国造》，写国产飞机的。没有别的渠道，我就投稿、退稿、再投稿。当时上海一个刊物《满江红》登了，变成铅字了，很兴奋。所以我给业余作者经常说这个事，你就踏踏实实干活就行了，甭想一炮打红。登出来后这引起我很大兴趣，有意思，就干这个。但在歌剧团，主要还是写戏。一开始写了个《牡丹江畔》，老航校的，参加全军文艺会演没有获奖。我演了国民党特务，词、戏一般，现在看起来，没写好。后来搞了个《红色飞行员》，也没有响，都“哑炮”。后来写了独幕小歌剧《刘四姐》，讲游击队的故事。女游击队长和一个土匪头子斗争的故事，每次下去演出都大受欢迎。那时演《刘四姐》《三月三》两台戏就是一台晚会，走到哪里都受欢迎。演《刘四姐》得了一笔稿费，不到 200 块钱，全体人员在酒家吃饭。大伙说，再弄一个剧再吃一顿。我说最近刚看了小说《红岩》，我太知道那事了，写人物江姐就错不了。当时领导给我探亲假，我老婆在锦州。探亲假 20 天，连来带去 20 天。我老婆在上班，我就趴在炕上写了 18 天，把《江姐》写出来了。谁也没有给我任务。回来让文工团领导一看，说好。后来这个事政治部王副主任知道了，感兴趣，后来说就干这个了。这是 1961 年的事了。光剧本空军组织讨论好几次，但大架子始终没有动过，念到哪好多人就感动得哭。不是说我怎么样，而是江姐的事迹太动人了。那时这方面的书有一百多种，各种戏曲都有。我们很自信，这个错不了。说实话，生活真是不“欺骗”人，我太明白是怎么回事了。她们没有蓝二嫂啊，我是主张那样的，“要想甜，加点盐”，大海都是蓝的，加一抹白的，那个蓝的就更好。就组织三个作曲家，羊鸣、姜春阳、金砂。作曲作了一年，写了一年回来，把四川民间的音乐全搞来了。回来一听，要不得啊，不行啊，一个音符都不要，统统枪毙，理由是不好听。川戏调，北方人听不懂。那三个人，当时失魂落魄，一盆冷水，重来。后来到江南采风，剧团走到哪他们三个跟到哪，人家以为他们是特务，干什么秘密活动。一调查，真有这三个作曲家。这一搞又搞了一年。1963 年，作曲出来后，大师傅和面都哼哼，院里小孩子跳皮筋也哼哼，大受欢迎。江南的和四川的音调一糅合，文工团领导说好，底下观众说好，政治部领导说好，刘司令就喜欢上了。这好东西谁都说好。打这开始刘司令员就抓住不放。他改的时候说，“‘山中风光无限好’，这不好，应该有点革命者的阳刚之气，我给你们改了，‘狂飙一曲，牛鬼蛇神全压倒’。”“红旗漫天，九州人民齐欢笑”，改成了“红旗漫天，五洲人民齐欢笑”，现在我又改回去了，太“文革”了。再有罗瑞卿看后，有一句写的是：热泪随着针线走，说不出是悲还是喜。但他说改成“热泪随着针线走，与其说是悲，不如说是喜”。他说我给你改了，这个到现在我没有动。他说“你说好不好”，我说好。再有一个，改得非常好，这是王静敏改的，“告诉他当好革命接班人，别把这革命的年月轻忘掉”，这个“轻”字改得好，其他的没有怎么大改。话说回来，写这些，与当初的古文底子有关系。《江姐》整个歌词，与这底子有关系。没有古文底子是写不出来的。到 1963 年，刘亚楼司令员就拿到内部演出，演到 1964 年，二百多场。东郊民巷，演出完了以后，演出人员就听观众怎么议论，哪些好哪些不好，每天晚上回来汇编成册，汇报给刘司令员。内部演出一年差不多。在王府井那里有个儿童艺术剧院，现在还在，一次在那演出，突然发现周总理跟邓颖超去了，买票看的，坐在后头。看完回去推荐给毛主席。毛主席在解放后没有看过歌剧。当时，刘亚楼在南京，长途电话，我对着电话给他一句一句说：“毛主席笑了，毛主席流眼泪了！”

之后，毛主席接见我一次，外面正好修路，满地都是泥，我这人不修边幅，穿着老棉裤，鞋子上全是白灰，我往回走，突然来个小吉普车，“到处找你啊”。我那时候每个礼拜都去，就那个礼拜没有去。拉上车到了中南海，一说阎肃，好，走，一路通行，直接到毛主席跟前，一看真是伟人，我鞠个大躬，“毛主席我来晚了”。底下小孩全笑倒了，毛主席笑了。拉着我手，他说湖南话，夸了我半天，我基本上没听明白。这不像他们写书，把我写得太不堪了，说我当时浑身哆嗦，我哪哆嗦了。我不太懂，我明白他在夸我《江姐》写得好，我很难回答，我说好吧，骄傲了，我说不好吧，他都说好了你说不好。我说我继续努力。主席说："好，我送你四本书。"

后来我调去搞样板戏去了，搞了很多样板戏。在北京京剧院写了《红岩》，与歌剧完全不同，增加了许云峰、成岗等地下党员，反派也换成了徐鹏飞等人。因此我到渣滓洞体验生活，戴手铐都是到那去搞的，《红岩》演出，效果非常好。后来又搞了《敌后武工队》。

我觉得活得要本分，别贪。始终没有越雷池一步，什么送宝书、表忠心，我离得远远的。要我写剧本我就写。后来说我"犯错误"了，总理逝世，我搞了灵堂，全院的人来祭奠总理。为这事说"阎肃党性不强，私设灵堂"。这个事后来成了我一个最大的优点。

粉碎"四人帮"后，我写了京戏很有名，叫《红灯照》。《红灯照》建国三十周年献礼，演出剧本创作得了全国一等奖，《江姐》也得了一等奖，那年我还写了《忆娘》。所以那年我获得三个全国一等奖。

《红灯照》在全国到处演。这个之后，回到部队搞了《雪域风云》《特区回旋曲》，创作了一个《党的女儿》。《党的女儿》也挺火，之后，写了个《飞姑娘》，也没有火。那时领导看了不明确表态，没说不行，没说行。后来就写了《汨罗江》。后来歌剧团撤销了，我就到歌舞团，我就开始写歌了，不写戏了。

写歌比写戏我认为容易点。一位领导说，“有人认为写歌剧比写歌难多了……这是不对的……一首歌的作用多大啊，《义勇军进行曲》影响多大啊。好好写歌。”写歌我是这么认为，你写一首流行起来，很可能是你碰上了；你有两首歌全国流行，说明你有两下子，也有可能撞上了；你写七八首，十来首，流行起来，那你就是“家”了。认真对待每一首歌。所以我说，我写的歌有几个特点，一是所有中国的“腕儿”基本上没有没唱过我的歌的，都唱过，美声的、民族的都唱过，所有著名的作曲家我都合作过。比如春晚我是1984年开始搞，正式介入是1986年，后来年纪大了，就离得远了。这些年中央所有的大事、大晚会都找我总体设计、撰稿等，比方说回归啊，比方说国庆四十、五十、六十周年，比方说建军八十周年啊，抗战胜利六十周年的《为了正义与和平》，所有这些大会我都参加了。基本上是中宣部、广电总局、北京市委的活。我慢慢习惯了，我在部队养成一个习惯，就是听组织的，我觉得，“得意时不能凌驾于组织之上，失意时不要游离于组织之外”。人要有天分，要勤奋，还要有缘分，更要本分，老老实实，努力把工作做得好一些。我觉得没什么别的本事，时刻准备完成好领导交给的任务，努力去做得更好，我从来不想给组织上提要求，组织上给你的永远比你期望的要多。

历届领导对我都关心。我结婚是组织上关怀的。“蹉跎，蹉跎，三十一了”没有对象。爱人是团长黄河的老外甥女的女儿。她们家人反对，说我个子矮，驼背，但姑娘愿意。我31岁结婚，她在锦州，就这么两人就好了，结婚了。后来组织上关怀，她参军了，到北京了，入伍后到六航校，后来又照顾我，她转业后到科学教育电影制片厂当医生。“文革”，说我同情右派，要我到北大荒。我说我们分开吧，我要能回来就复婚。老婆说别啊，你就是发配到北大荒，也得有人给你做饭啊。

在我人生关键时期，爱人总是发挥关键作用。当时中央京剧院坚决要留我，爱人让我回空军。我这人知足得很，觉着什么都好。

我觉得我经历过十多位司令、政委，都挺好。一切是组织给的，没有领导和组织关怀，自己什么都不是。一个穷学生，什么都不会。每一次参加大活动，就是开阔眼界和提升境界，参加每一次大活动都是学习的机会。

去年办《复兴之路》，领导把我说服了，他说，美国有印第安人，新西兰有毛利人，世界上有这么多国家，所有的民族没有一个统一的名称，只有我们中国56个民族有一个共同的名字——中华民族，而且这个民族在世界历史上，曾经繁荣过，繁荣的程度在当今美国之上。这个民族可以复兴，它应该复兴，我们希望她复兴。所以参加大活动每次对我都是一个提高。

我有一个好处，就是我是作协会员，是音乐家协会会员，是戏剧家协会副主席，后来当顾问，是曲艺家协会最早的会员，还是电视艺术家协会的会员，在全国没有几个人。一般人很少跨这么多协会，一般搞民乐的很少懂西洋乐。电视最需要这么一个人，为什么他们老让我去，就是这个原因，我是个杂家，我哪样都通，门门都涉猎了。你说西洋音乐，我不次于学那个专业的。古人说读万卷书，行万里路，我有一万多册书。我没有出过书，我说留下的是“床前明月光”“春眠不觉晓”。你说革命歌曲，我会很多。他们一搞老歌，我张嘴就来。找我学的，我先开个书单，起码两页纸，他们老想速成。阅历本身就是财富，没有速成的，你得积累。央视有个 12 集专题片《磐石》，写军民关系，要我写主题歌，我说我有现成的，把《长城长》给他们了，结果火了。

还有《雾里看花》，当时中央电视台经济频道要搞《商标法》颁布十周年晚会，要写个歌，找了好几个人没法写。我说拿来啊，真拿来写不了了。我不能说全军不要买假货，不行。要写歌，关键是有多少人唱，涵盖面要大。《十五的月亮》唱的人多，就是这个原因。写《雾里看花》，开始我找不到切入点，我忽然想到川戏里有“水漫金山”。白娘子到湖里，法海找不到了。“待五神睁开法眼，叫你无处藏身。”借我一双法眼，要是慧眼就更好，让我把这纷纷扰扰看得明明白白，真真切切。我就写了。半个月后，导演急死了，他一看说好，整个歌词一句打假没有说，但一看就是打假的，给那英，她说好，结果火了。

我信奉，读万卷书，行万里路。空军部队遍布全国，我都去过，除了台湾。我得了大便宜，说实话。我写《雪域风云》的时候，坐卡车 18 天到西藏。真是“到过西藏，从此感觉人间没有苦难”。那时候也年轻，1964 年，漠河、新疆我都去过。这个受益于空军，而且坐飞机。在空军，这点得天独厚。

空军领导很关心我，都是手把手教我，刘亚楼更是，我是他家常客。刘少奇、刘志坚、刘亚楼等提出来，剧本里叛徒甫志高劝降江姐时有段唱词负面作用太大：“多少年政治圈里较短长，到头来为谁辛苦为谁忙？看清这武装革命是空流血，才知道共产主义太渺茫。常言说英雄豪杰识时务，何苦再出生入死弄刀枪？倒不如，抛开名利锁，逃出是非乡，醉里乾坤大，笑中岁月长，莫管他成者王侯败者寇，再休为他人去做嫁衣裳！”所以我真是把叛徒研究太透。刘司令员说：“三个姓刘的提意见，你就是没有改。今天我要在家里，关你的禁闭！你就在我家里改，改出来我才放你走。”把我关在书房里改。我两个钟头给改了。“你如今一叶扁舟过大江，怎敌这风波险恶浪涛狂？你如今身陷牢狱披枷锁，细思量何日才能出铁窗？常言说英雄豪杰识时务，何苦再宁死不屈逞刚强？倒不如——激流猛转舵，悬崖紧勒缰，干戈化玉帛，委屈求安康。人逢绝路当回首，退后一步道路更宽广！”写完，刘亚楼同志点点头表示认可，只对最后两句添了几个字，改为：“人逢绝路，回首是常事，退后一步，道路会更宽广！”总政领导也是如此，李继耐主任看了《复兴之路》后，写了100多句的长诗。几届中宣部领导也是关心。

我最后说一句，我是在党组织的关心培养下长大的，对宣传我挺怕的，就是完成点任务，老老实实做了点事，现在好像要怎么的了，如芒刺在背。

还有个事，我写《西游记》主题歌《敢问路在何方》。好几个人怎么写怎么不对。我说我写，我打小对猴可熟悉了。一口气写到“踏平坎坷成大道……”就写不出来了，真是苦恼，我就在屋子里来回走，前面几句都写出来了，最后写不下去了。我就琢磨，在房间里走来走去。我儿子不愿意，说我在地毯上走出一条道。我想起了鲁迅的《故乡》中一句，“地上本没有路，走的人多了就成了路。”你说你取了经、封了斗战胜佛就完了吗，走就是了，对啊，路在哪里，路在你脚底下。最后一句，“敢问路在何方，路在脚下”就出来了。这句话是鲁迅说的，我是站在巨人的肩膀上。他们一看说好，没想到火了。所以没读过鲁迅的书，这个是写不出来的。

阎肃口述之二

我创作的歌曲更多的是为完成任务。1964 年冬天，那年我 34 岁，毛主席看了《江姐》，给予了高度评价。刘亚楼司令员就指示赶紧创作下一部作品。后来，我准备到西藏去体验生活，创作反映气象站站长的戏，也是《雪域风云》的前身——《风雨前哨》。去之前，我们先是在南京体检，就是转椅子。这样，我就坐上解放牌大卡车，路上走了 18 天。黑河、五道梁、温泉、唐古拉，这些都在海拔 5000 米以上，兵站就是一个土坯房子，没有高压锅，也没有火。一个就是高原反应，一下汽车就特别严重，走路都是大口喘气，很不适应。第二个就是奇冷，零下 45 度，基本上小便出来都能结成冰，也没有火。到了晚上睡觉战士特别照顾我，底下垫了四床军被，上面盖了五床军被，身上穿着绒衣绒裤，一宿下来还是直哆嗦，可以说是冷到骨髓里。因为没有高压锅，蒸出来的馒头里面是面粉，外面是浆糊。锅里的水听着咕噜噜响，像是开了，但是手伸进去，不烫手，因为气压低，早就沸腾了，但没到温度。早上起来，一位胖胖的姓侯的四川小战士，给我打了一盆温水，给我洗脸。当时，我用四川话问他："你来了多久？"他告诉我，他来了两年多了。因为高原反应，他的脸上都起了斑，眼睛也是雪盲。当时，我给他敬了个军礼，说：“你真是英雄！真是英雄！”可以说，我在高原的18天，吃也吃不下去，这18天，简直就是炼狱。走过的这些地方，地名我现在随口就来，可以说是印象太深了。到了拉萨之后，我还打篮球了。在路上经过这么艰苦的过程，到拉萨我就很自如了。

到那去留下印象很深的有三点。一个是藏民的质朴。当然，这说的是农奴，贵族的话始终有敌意的，眼睛都看得出来。喇嘛很深沉，看不出来，但是和我也挺熟，因为他们都说四川话，很多都是四川人。

那个时候，拉萨就一条街——八角街，像几个大庙、布达拉宫等，都拜访了，找了很多藏民、牧民谈话。那个戏后来看起来是有问题的，我们也演了，音乐应该是很好听的，姜春阳写的，藏族味很浓，但是戏先天不足。原因在于我们写的是空军的一个女站长，但女的只有气象台有，却没有当站长的。这个戏后来没站住，先天不足有这个原因，但是我们朝圣的心是做到了，走了很多气象站，也看了很多气象站站长，也有来往。第三是生活习惯，我是真不习惯。我就是努力完成任务。不过话说回来，一辈子能去那是不虚此行的。后来，我又去过一次，是看人家演出，看完就回来了。我觉得一个人如果不到西藏去一趟会很遗憾，我是托空军的福。在空军这些年，我除了台湾没去过，其他地方没有没去过的。

也有成功的先例，比如《柯山红日》。但是，《柯山红日》也有这个问题，就是女主角担负一个她不能担负的任务。她不像江姐，江姐是完全可以承担这个任务。她很自然，这个就不自然。包括《红霞》也是，都存在这个问题。我不成功的例子很多很多，大家看到的是我最后成了的，不成的也是一个接一个。我成功的戏有《江姐》《党的女儿》《忆娘》《刘四姐》《特区回旋曲》。还写了一半成功的《胶东三菊》，姜春阳、羊鸣我们一起到冯德英老家跑了一大圈，把整个胶东跑遍了，回来写了《胶东三菊》，基本上是三菊花。这个后来还发表了。不过后来因为某种原因，没来得及谱曲。还有一个小歌剧《汨罗江》，这个空政歌舞团是演了，在《北京文艺》上也发表了。再有其他就是京戏了。因为我是空政歌剧团的编剧，所以每年我都得写戏。其中，不成功的还有一个《飞姑娘》，就是第五批女飞行员，我们到二预校待了三个月，那个戏的名字又叫《我爱祖国的蓝天》，又叫《飞姑娘》。不过，那个戏也是先天不足，我们只是在预校三个月。后来，出了一个人叫程晓健，就是那一批的。她那个时候还只是一个稳稳当当，不露山不露水那么一个人，但是已经看出她是一个比较扎实的女孩子，不卑不亢。所以，我记住了她的名字。她现在是“两会”代表，开会的时候和王莉一个屋。我发现写戏成功不成功，能不能保留，一个很重要的原因，就是生活。我写《红灯照》的时候，我是采访了所有活着的义和团团员，都是九十多岁，有好几十个人。然后，我又找了清史专家，专门走访了很多次，接着又到武清县。这没有白下功夫，《红灯照》的成功和这有很大关系。《红色娘子军》跟在海南岛待了很久有关系。《党的女儿》是因为有一部好的小说，有一个好的电影做底子。所以，我的戏成功也一堆，没成功也一堆。生活得深的就能好，生活得浅的写出来的东西就一般化。所以说，两者都有。

《我爱祖国的蓝天》算是我写空军的歌最成功的。这种感觉是油然而生的。这是我到18师当兵的时候写的。为什么到那呢？那时候有个3∶0的霹雳中队[①]，可以说，那时候，赵德安、高长吉都是空军的英雄，我是奔3∶0的霹雳中队去的。我是一个演员，搞舞美什么都干过，一专三会八能，拉大幕、管汽灯，我都干过。业余写了许多活报剧。比如说艾森豪威尔到日本，那时候反对武装日本，我写了个《瘟神东游记》。《要古巴不要美国佬》也写过。写过最突出的有两个戏，一个宣传卫生的叫《不要随地吐痰》，那时候连写带演的，我就演那个随地吐痰的，经常挨骂。因为宣传，所以到处走。走到中山公园，先看人多，“啪——”一口痰，过来两个执勤的，也是我们团的学员。“请你擦了！”“多少钱？”“五毛。”给你

---

① 1958年7月29日，空军汕头沿海驻训的部队迎战台湾4架F－84飞机，与对手展开“空中刺刀战”，最终敌机3架被击落，1架逃跑，己方没有受损，故称“3∶0”。这是当时空军的巨大胜利，毛泽东曾表扬说：“祝贺空军旗开得胜！”1964年9月，该中队被授予“霹雳中队”荣誉称号。赵德安、高长吉是当时的大队长和中队长。——编者注

一块，“啪——”又是一口。就开始这么演，演到最后大家把我抓起来，扭送派出所。后来，告诉行人这是宣传的，才放我走。那个戏是街头剧，挺热闹的，挺好玩。还写了一个叫《破除迷信》。这个剧本后来发表了。就是有四个人，一个叫古胜今，就像老夫子，大胡子，戴眼镜；一个叫洋越汉，就是崇洋媚外，一身西装，整个一个假洋鬼子；一个叫崇权威，就是为权威唯命是从；一个叫全凭书，就是教条主义，什么时候都得翻书。这四个人就围绕考证一个东西，说来说去，都说不到一块去。最后，一个红领巾告诉他们，这很简单，就是水稻插秧机。这个效果很好，那时候中央提出就是要破除这四样，不要唯书，不要唯洋，不要唯古，不要唯权威。这个当时配合演出，不知道演了多少场，到处巡演，特别好玩，我就演的是古圣今。就是说，我那时候业余写了许多，只要有运动，有活动，需要宣传的，我就写，写一个表扬一个。然后，领导觉得我能写，创作组也需要人，也挺机灵，就把我调到了创作组。我坚决不干，平时演戏虽然也没演过什么好人，演过老头，演过傻子，演反派演得最多，都是穆仁智之类的。演戏在台上也是尽撒花，基本上我都能抢戏。比如你是主角，我就能把你的戏抢了。下部队演出，我还说相声，我一说相声还老返场，六七段下不来，而且多是现编现演，挺受欢迎的，我还老受表扬，受嘉奖。所以，我就不愿意到创作组，去了，要是完不成任务，就嘉奖不了了。过去我会指责别人这写得不好，那写得不好，现在轮到别人指责我了，可不愿意了。我就和领导说，怎么写？领导就说，你先下部队当兵去。我想，当兵就当兵，没什么了不起，我还老下部队呢，也就背着铺盖卷下去了。我问领导什么时候回来，心想也就两三个月，一跺脚就回来了。领导说，没有什么时候，你不要考虑什么时候回来，不要考虑了，你到部队去了，不是这里的了，什么时候回来我们说了算，你老老实实当兵去。我一想无期，那时候还没找老婆呢，就当兵去了。创作需要深入生活，当时我没这个认识。这是命令我下部队。

下到部队头一天晚上就紧急集合，我的背包打得像个面包似的，就跟着跑，谁都不认识，就看着前面一个大个子的山东兵。晚上，一下子跟着跟着跟错了。我们在跑道这头，队伍跑到那头去了。人家不认识我，问我哪个部队的，人家说在那头，我就背着背包往回跑。

当兵的时候，正好是三年困难时期。没干别的，飞机也不让你摸，就让你种菜。后来代职的时候又去那了，在场务连当副指导员。待了三个月，天天写"蹉跎，蹉跎，三十一了，哥哥"，没个头。每天就唉声叹气，心里别扭。我们几个后来总结，人生有一句话：阅历即财富，主动便自由。这是从这痛苦当中磨炼出来的一句话。你看我现在 80 岁了，我的人生阅历真的很丰富，我啥都经历过。灾荒逃难、战乱炮火、瘟疫、破产。可以说，当兵那时候就是种菜，没干别的，买菜籽，回来播撒菜籽，再后来就慢慢出秧，然后就弄秧，分苗，完了再整个平田，担水浇水，浇粪施肥，捉虫，一直到最后收上来送到食堂。我就想，我种菜哪不能种，非得要跑到你那去。这整个就像连队雇了一个农民工。晚上回去睡觉谁也不认识，那也很痛苦。种了好几个月，连飞机都没见过。后来，就悟出一个事，你不主动扑上去，人家也不会接纳。我就把被动变成主动了，我主动迎上去，主动去亲近部队，主动和他们交朋友，主动在连队当好普通一兵。我一切主动地来，一切就游刃自如了，天地也宽广了，感觉就不一样，自由了。不管是机械师、机械员、特设、无线电员，全都交上朋友了。机务部队，擦飞机挺讨厌的，拿个小刷子沾上油，就在那个缝里刷。机翼位置站着太高，蹲着够不着，只能半蹲着，一会腰就疼了，最不起眼的活，但最累。所以说，擦飞机，也是擦得我腰酸背疼的。但是，你认真干了这活，人家也就和你挺好。如果你糊弄，人家也就不理你。这就是主动扑上去，也就和飞行员很熟了。因为我是文工团下去的，也能折腾，还能变扑克牌魔术，变得也挺好。在值班室里面，他们也很枯燥，我就和他们聊天，变魔术，演节目。就这样，待到了年底，很自如，慢慢感情就交融了。有一天傍晚，看着别人的飞机都回来，我们的飞机还没回来，大家趁着晚霞眼睁睁看着。我忽然灵光一现，他和上面的他，我们的心都在天上，为什么呢？他爱这片天。对，“我爱祖国的蓝天”。

当天晚上，很快，一年积累的感觉全来了，词就出来了。“文化大革命”的时候，一个老农民还批评我，扛着把锄头，说：俺就不喜欢那天，俺就喜欢那土旮旯。为啥呢？土旮旯能长粮食，那天上能长粮食不？完了，就说这是“毒草”，说里面没写毛泽东思想。后来，就改成了“毛泽东思想指引我们战鹰胜利凯旋”。那时候，也没什么电视，就寄回来，后来团里下部队演出就唱这个歌，火了，电台的“每周一歌”也教了。就这样，不胫而走。现在有 MP3 之类的，那时候就拿嘴就流传了，而且特别受欢迎。为什么会受欢迎呢？过去的军歌都是二拍子，而这歌呢，三拍子，很潇洒，很悠扬，飞一般的感觉。古今中外写空军的歌不是很多。我以前还写了一首写空军的歌叫《年轻的飞行员》，也挺活泼，也挺好，但唱不开。就这首歌能唱开，简单也是一个原因。

苏联的空军能够流传下来的只有两首歌，一首是这样写的：“我们的伙伴都是飞鸟，天空中只有一样不好，假如你在陆地还没结婚，天空中姑娘就没法找，因为我们是飞行员，天空是我们亲爱的家，我们一门心思就是飞行，姑娘就以后再说吧。”就这一首，在苏联红军里面很流行。还有一首是这样写的：“下雨的黑夜里，黑夜里，当飞行员围坐一起没有什么事……忽然，一颗信号弹飞起在天空，起飞的时候到了……”这首歌写的是起飞的时候到了，起飞的那种态势全有，而前面那首写的是那种潇洒从容。美国也就《壮志凌云》

的主题歌，再也没了。

海军后来模仿咱们也写了一个，“我爱这蓝色的海洋……”。但是，这也有个缺点，就是三拍子的没有形成队列，所以你看吃饭站队就没法唱《我爱祖国的蓝天》，唱着没法走路。这要行，就成泰国军队了。那么说，好处呢，就是飞行的感觉特强。六十周年国庆，飞机飞过天安门的时候，演奏的就是《我爱祖国的蓝天》，这是历次没有过的。这是第一次，很有代表性，比《人民海军向前进》更人性化，军种特点更浓。

应该说，《我爱祖国的蓝天》这首歌是生活所赐。在一个部队待久了，也就成了部队的一员了。文工团下部队演出，我也能强烈感受到文工团是多么受欢迎。我是很渴望，平时连个男的都看不着，就别说看女的了，是很单调、机械的生活。文工团去了，我代表部队很自豪地致欢迎辞，走的时候又送他们。到后来，写了三个小歌剧，叫《热火朝天》，都是种菜的事。回来之后，那个小歌剧也汇报了，但是都没怎么成形，甚至一个也没排出来，但是这首歌却唱了将近 50 年了。

现代的流行音乐，李宇春也好，周杰伦也好，都不是诲淫诲盗。我那时候和印青等一起联名抵制庸俗歌曲，主要是针对比如《抱你上花轿》《狼爱上羊》这种完全纯粹走下三路的，也就是给孩子的导向不好的。但是，你说李宇春、周杰伦、张惠妹他们的作品，基本上是健康的。比如说周杰伦的《菊花台》《青花瓷》，但是《双截棍》是个例外，都是什么“呼呼哈嘿”，不过小年轻喜欢，也不会说因此而学坏。像他们这些东西，孩子看也是没关系的。就好比我们看迈克尔·杰克逊之类的。包括《猫》，也包括《阿凡达》，也不能说它不健康。我特别反对的是譬如《抱你上花轿》《狼爱上羊》之类的，色情很多，没有任何意义。那时候，中宣部开会的意思是，太泛滥了，都是往“地沟”里面走，让我们站出来呼吁一次。呼吁之后，在网上也引起一些反弹，但是反弹的声音还是微弱的，因为大多数人都不愿意自己幼小孩子的心灵受到污染。反弹的都是些十八九岁的小孩，什么都不懂，天不怕地不怕，胡说八道，真正到他有了自己的弟妹，有了自己的子女的时候，他也知道这个不行。对于主旋律呢，我是一直领受任务，比如《雾里看花》，不是主旋律，也是主旋律，写的是“打假”。还有就是《唱脸谱》《故乡是北京》《前门情思大碗茶》《北京的桥》等一系列共 19 首。

我为什么能写出这么多京味京腔的歌曲？我爱老舍的作品，鲁迅、老舍、曹禺、巴金这四大家的作品我读得最多，老舍的书我基本上都看了，不管是短篇，还是剧本，差不多都读了，而且爱不释手。从他那，我体会到什么是京味。京味就是来源于他的作品。1955 年到北京后，看任毅的戏，对我也有很大的影响。再有就是，我会说相声，喜欢听相声，也爱写相声、说相声。这对我的京味也有影响。最后，还有一个是，王朔的作品我也看，那也算是京味，《一半是海水，一半是火焰》。因此，我觉得京味是中国的语言当中活力和张力最强的一种。其中，还有一个原因是我不懂上海话，不懂广东话，不懂福建话，这也有关系。四川话基本上是北方语系，这是一个体系的。它的生动性到京味里面，就变得特别生动，比如“嘿，大清早你干嘛呢?”它的语言本身就极富音律。也因此喜欢它。人家一找我，说你写点京味歌曲吧，我欣然就答应了。可以说很愿意，全是自己找的题目，一口气写了 19 首。结果，他们是出两个碟，两个盒带，后来觉得不过瘾，因为觉得挺好，有五个作曲家参与，我一个人的词。然后，就干脆出个风光片，出风光片还觉得不过瘾，北京电视台的台长就说搞成春节晚会。那是 1989 年，北京电视台春节晚会，《京腔京韵自多情》，这名字还是我取的，里面 19 首歌就我写的这个系列，加了些小品就成了一台晚会。到现在大家还津津乐道，北京电视台所有的晚会，京腔京味最浓的，就是这台晚会。这里面，有《外国人喝豆汁》，还有《烤白薯》。《外国人喝豆汁》是大山唱的，《北海桥头》是刘欢唱的，网络里一大批知名的，挺好。这是一个例外。

不是说我就是一味的主旋律，应该说我是主旋律的一个歌者。可以说，主旋律我写得多，为什么？中宣部、文化部、总政治部、北京市委、广电总局，这五部委所有的活动，我都参加。那为什么找我呢？我想过，一个就是我岁数比较大，好多事情都经历过，阅历丰富，第二呢，我是个杂家，我是作协的、剧协的、音协的、曲协的。曲艺家协会我是最早的会员，1958 年刚成立就有我。而且这四个协会我入最早的是曲协，那时候写相声、快书多得很。后来，慢慢地写歌曲，就进了音协。然后，写剧本，写了很多戏，就进了剧协，也进了作协。如果说现在找一个人，喜欢西洋音乐，知道海顿、莫扎特，但他不一定知道刘天华、“瞎子阿炳”，我都知道。

有人说我是学问的“杂货铺”。我觉得，这么多，这么杂，应该说是缘分。第一，我是个吃什么都香的人，我看什么都有劲。有的人研究《楚辞》，他绝对不愿意看武侠小说；有的人喜欢写诗，就绝对不会去看理论文章；写小说的就不一定喜欢剧本，什么莫里哀呀，什么莎士比亚呀，什么老舍呀，压根就不理。而我，偏偏这些都喜欢。这个兴趣培养呢，我念书的那个环境有了。在南开中学的时候我就读了许多书，而且那时候是个中西、正反、先进与沉沦“大杂烩”的时代，电影有美国大片，类似《魂断蓝桥》《六宫粉黛》《出水芙蓉》我全看了，进步电影我也全看了。重庆那时候是个进步剧韵非常发达的地方，《屈原》等几个大戏都从那出来的，曹禺的几个戏也在那演了，我也都看了。这就是爱好，我自己也演了。在学校的时候我是个非常活跃的积极分子，所有的舞台上演出都有我，念书不怎么地，演戏蛮好，就没停过，没有哪一次演戏会说没我。女学生自己演了个《红楼梦》的剧叫《玉雷》，那没有我，就连贾宝玉都是女的扮的，没有男的那种，但是我们还给她们搞舞美。所以说，京戏有我，我是票友；曲艺有我；英文演话剧也有我，我演的是讨债的。俄罗斯的文学我都看了，欧美的东西我也看了，连泰戈尔的我都看了，欧·亨利、马克·吐温、杰克·伦敦的，我都看了。我还有一个底子就是，那时候日本人炸完了以后，我们跑到修道院，教我的是一个老神父，老神父是个前清的秀才，他什么都不懂，就会四书五经，就会古文，所以古文的底子就是那时候打下的。那时候在那还得唱诗，天主教的是四线谱，音符是方块的，我也会。所以，很多宗教歌曲我全会。这个杂，有个来由，当你十几岁，渴望见到这个世界的时候，就进来许多不同品种的东西，都在我这容纳了。这有很大关系，加上我又是什么都喜欢的人。古典音乐我也喜欢，京戏我熟悉极了，川剧很多剧本我都能背。川剧的剧本很讲究文学性，我写词和那有极大关系，它的文白水乳交融，非常自如，让我受益匪浅。因为是宣传队出身，逼着你什么都得去学。曲艺很锻炼人的智慧，不光是相声，包括一些唱段唱词，很多唱段唱词有的雅，有的俗，雅俗并举，它能存下来，就有它的价值。

历年来写的作品，我都是写完了就扔了，大部分也都不记得了，写完了连个“尸首”也没有。早期的还有，《长城长》出来以后，我就再也不要了。我觉得，活在老百姓心里才算留下了，你出多少书都没用。这么多年，我其实就是没完没了地完成一个又一个任务，简单得很。做梦也没想到，有一天还会宣传我。

1989 年我写了《风雨同舟》。“当大浪扑来的时候……伙伴们拉起手，风雨同舟”。《风雨同舟》从那时候起就成了一首唤起士气、鼓舞民心的歌，1998 年抗洪的时候唱了《风雨同舟》，抗震救灾的时候也唱了《风雨同舟》，只要有了困难，就风雨同舟。

阎肃口述之三

1953 年 6 月 2 日，我被评为整个西南军区文工团全团的模范。全团选来选去，选了我。当时我就是积极干活，包括舞台监督、剧务、拉大幕、管汽灯等，只要是活，都有我的份，演出也有我，乐在其中，而且乐不可支。我就是认真干活的，给大家服务也挺好。我是分队长，就是干好每一件事。玩的时间少，都干活去了。运动我也积极参加。1951 年后的镇反、土改、宣传婚姻法、“三反”“五反”我都积极参加，什么事情都走在前头，有照片为证，戴个大红花。当时上台，好像说“不敢当”，客气话，永远不会觉得自己怎么的，那是应该做的事，就是愧不敢当的话。我是全团唯一的候选人，全团就我一个模范。这是我第一次受那么大表扬，全团八九十人啊。那时我双喜临门，一是被评为模范，二是入党。七八月份就参军了，到了西南军区文工团。还有流感大流行，全团五分之四的人得了流感，我带一帮人进行护理，搞了个临时病房，有好几个月，结果等大家都好了，我病倒了。

2001 年我被评为空军优秀共产党员。那一年，我给地方和总政做了很多事情，《党的女儿》《忆娘》受到表扬，当时就反馈到空军。我把别人的事当自己的事，特卖力。1984、1985 年，我就帮着北京电视台搞春晚，当时有个栏目叫《家庭百秒十问》，黄一鹤他们看这节目办得不错，一打听，是我参与的，就把我叫到春晚了。我是作协的、曲协的、剧协的，是个杂家。他们说我是“废话协会”的，跟乔羽等，一共四个人。我们是有问必答、答而不止。有时就是灵机一动，也许这个刚被否定，我又提出另一个点子。

为写京戏《红灯照》，我到天津去过。对解放天津也感兴趣，原来空军曹副司令作为师长坐坦克车进的天津。我采访了所有健在的义和团团员，好多人年龄都九十多岁了，那时是 1978 年，全国大轰动，我得了一等奖。我看过很多天津作品。比方说《六号门》，我对天津人的感觉就是豪爽、仗义。我们住的地方是毛主席在天津住的地方。所以我们得写点东西。

在央视搞晚会，我是个黏合剂。跟黄一鹤他们我也吵。

真正艺术上他听我的。《难忘今宵》《我的中国心》这两首歌，都是他发现的。到现在为止，1984 年的春晚是最好的。

我这一辈子得的奖状和证书实在太多了，但对“优秀共产党员”这个荣誉情有独钟。现在很多人不以党员为荣，没觉得党员有什么责任。有些人入党是把党员身份当作资本。我认为我们党很伟大，平易近人，很亲切。解放前我就认为共产党了不起，我崇拜党，入党后我老觉得自己离党员的要求差得挺远。这个党讲人性化，不是成天板着面孔说教。我特别看重自己能成为党员里的优秀分子，被评为优秀共产党员，我打心眼里感到光荣，激动得不得了。原来以为是空军政治部的优秀党员，没有想到是空军的优秀党员，我没有像杨利伟、李中华那样的惊天动地的事迹。荣誉本身就是对自己的约束，真不敢闹着玩。别人不说什么，我自己觉得有责任。这是我没有向组织伸过手的原因之一。包括我儿媳妇的事，我也没张口。60 年了，没有提前晋过职。我老是满足，觉得已经可以了，我特满足。这个奖我特看重，全空军的，我感到莫大荣誉。真是应该珍惜荣誉，不能那么随便就对待了。有了荣誉不能飘飘然，别把它淡忘了。要对自己形成一个约束，像个样子，别对不起这个称号。要经常反省，你做了什么。每个人做好一点就好了。

关于我的生日，有三个版本，我也记不得了。他们要给我过，我是不过。去年，阳历 5 月 9 日来了一个蛋糕，农历五月初九来了个蛋糕，闰五月初九又来个一个蛋糕。记录的有五月初九、五月二十一、六月十一，还是以5月9日为准。

他们劝老伴开文化公司。我不是什么领导，但规定应该遵守，我不让家属搞什么公司，扯不清楚。我说已经挺好了。这点我老伴支持我。我在家没有什么地位和权威，但在这方面他们掰不过我。

有些人以跟政府对着干为荣。我不以为然，每一个人都应该做点事。找毛病谁不会，每个人做一点点事，在本职岗位上兢兢业业干不就好了嘛。应该弥补，不应该骂娘。我的心是一个积极的状态。这次去广州，我就力反一个立佛像的事。湖南一个地方，搞了一个大佛像，花了好多钱，要我写歌，当时就我一个人反对。现在拆了，他们想借这个挣钱，搞旅游。

别人对我说，年轻人喜欢的东西你喜不喜欢，我说喜欢。年轻人喜欢李宇春，你喜不喜欢，我说喜欢。第二天，报纸登出来，“阎肃喜欢李宇春”。我就是不想跟不上时代。

总政的人老找我，他们说我是“定海神针”。说实在的，我就是文学底子厚。《复兴之路》，我是文学部主任，2009年3月19日，复兴之路领导小组专门给我发了聘书的，带国徽的。当时，我穿插着朗诵，让许多人潸然泪下。因为我当过演员，嗓子好。定海神针，就是咱们受党教育多年，干什么事心里要有个尺子。比如个别地方宣传佛教过分，把那当成捞钱的工具，太过了。我了解党和国家方针政策的渠道主要是文件、报纸，包括大的报告，《空军报》《解放军报》。退一万步，就是搞本职，搞创作，你也得学，不然怎么搞创作啊。不是我刻意想怎么着，我不是理论家，不是政治教员，我没有多少理论，但必须知道理论。没有理论，但必须要有理论思维。

原来总政文化部部长刘白羽，开四届文代会的时候，说能不能搞点讽刺歌曲。我就写了两首，《左比右好?》和《不怕老虎张嘴，不怕豹子发威，怕就怕俺的那个长官瞎指挥》，作曲朱正本。

作品为政治服务，不能太直白了，太直接的就是宣传品。不能简单、机械地跟着政策走，那不是艺术，是宣传品，没有生命力，等运动过去就完了。比如我当时写的《公共食堂好》，现在看起来就没有生命力。宣传品有时是需要的，但不是艺术。不能满足于写空洞的、教条化、概念化的口号，结果可能领导满意了，战士不喜欢。不了解战士，一味填鸭式的灌输就不起什么作用，是单向式的传播。

我对晚会的把握比较好，有两条。一是政治上有无偏差。这些东西平时就得捕捉。我平时很少玩，注重看一切政治性强的节目，央视新闻部的《新闻评论》，凤凰台的《总编辑时间》，中央台的《新闻会客厅》《世界周刊》《时事开讲》等，这些节目一下子就提纲挈领了。还有，我很注意看媒体上的政论性评论文章，这些特鲜活。所以一些常识性的硬伤我可以早发现。二是我很擅长形象思维。我很少那种纯理论、逻辑性思维。书读得多，话自然就出来了。比如春天来了，我会想到一些诗词，你就只想到柳树绿了。我善于以小见大。多读书话就多，举个例子，说傲气，我马上想起这句诗，“惟有梅花笑春风，君未来时我已红”。这他们谁都不知道，我也不知道出处在哪里。

我现在没有什么火气，到我这岁数，把许多东西看得很淡。在专业领域也没有火气。我很羡慕文艺评论家。写戏的人从来都是形象思维，理性思维少。大幕拉开，灯光照在哪，什么气氛，从小脑子里就是这些。

我有两条很难复制。一是现在像我这样老实本分的艺术家没有多少了。二是我确实看的书多。不是我怎么的，就是爱好，记性好。

1997 年，中央军委领导签发通令，给我记二等功。我感到确实是对我的肯定。

前天晚上和总政李主任吃饭时，他掏出一张纸，说给我写了一首诗，祝贺我的生日。大大夸了我一顿，他说还没有完全改好，就没有给我。这个事，我第一感到真诚，第二感到首长有情义在里面。

杜政委说我是“名誉政委”，可能是因为第五次复排《江姐》时，我给全团做了两个动员报告，效果比杜政委的还要好，都是使人家能够接受的语言。他高兴就在这。前两天，我还应邀为总政举办的业余文艺骨干培训班讲了课，我的课最受欢迎，学员听了很解渴。

当兵时，我给战士念《瞎老妈》，效果很好，后来就一个班一个班念。开始不叫引苦员，后来这么叫的。效果好跟我演员出身有关系。

入朝慰问，第一次去好像是1953年了，刚和谈完了，是五次战役之后的事了，还有零星的轰炸。第一个节目的领唱和编写一般是我的，都是朝鲜的民歌。曲调是“嗷，嗨呀……”“三班有个李晓明呀，打起仗来真勇敢啊，嗷，嗨呀……”我去了先采访，收集好人好事，记下来，编成这么几句。大家一听就知道怎么回事了。这个我很容易做到，调门很简单。我走到哪编到哪，都有套路了，总是“中朝人民团结紧啊……”这么几句。我的发音不准，但朝鲜人能听懂。演出时，下面比山呼还响。一干这活也受表扬了，没有出过娄子。祖国慰问团到朝鲜的气氛能把人融化了，战士们可热情了，一下车就把你抡起来，太热情了。第一个节目就把大伙拢住了，我那时是跳舞的，演了一个《侦察兵》舞蹈，我演美国兵。第二次是黄河带队，感触最深的就是看到那么多无名烈士碑，埋骨异乡，感到心灵很受震撼。

1952年之后，提出来要“一专三会八能”。那时兴合唱队，空政文工团全盛时期有六七百人。去了不到三个月，到了金刚山，慰问了陆军、高炮部队和朝鲜人民军，附带着把老百姓都慰问了，我那时真正直面了战争的残酷性，随处可见炸毁的道路桥梁，坑道掩体。在朝鲜，看坑道、炸断的桥、烧焦的掩体，触目惊心，对我影响很大。对我们二十多岁的年轻人来说，是很生动的教育。第一次去战争没有结束，第二次去仍然能闻到硝烟味，因为双方还在对峙。我们没有生和死的威胁，但看到很多烈士碑，没法无动于衷，感到那时真是不容易。所以，我真正接触艰苦就两次，一是入朝，二是到西藏。

说实话，这对我后来的创作有教育和启迪。你说抗美援朝对我有立竿见影的影响，没有，但有潜移默化的影响。对以后写歌，这个印象是有的。比如我写《天职》，羊鸣谱曲的，“当我们呐喊着奔向战场，哪有那许多儿女情长……眼睛里飞舞的是雷、是火、是钢”，脑子里马上有抗美援朝的印象。上甘岭那树我还有照片，我去过。我写《军营男子汉》也是这个道理，这段生活不是白体验的。搞创作，主要是要有感受。到朝鲜是对一生都有好处的一次体验。

我到渣滓洞体验生活，是为了写京剧《红岩》。有人觉得《江姐》是“小资产”，是靡靡之音。我们一行人就到了渣滓洞。当时就是体验坐牢的滋味，整整一个礼拜。《红岩》的作者罗广斌充当监狱管理者，有人充当行刑队，每个人都戴上手铐，这家伙，他们“整我”，结果给我反铐上，每个人编上号，我好像是3841号。这么一铐，我吃饭、睡觉都没办法。当时还戴上脚镣，脚镣那是很重的，碰到踝骨上那是钻心的疼。所以走路，得把脚镣抡起来。我戴的那副脚镣特重。当时不让说话、不准抽烟，比如咱们四个人在里面，不让说话，互相只能看一看，外面有人放风。门口有人参观，边走边议论，我们在里面他们照样参观。到了晚上和中午放风，可以出去抽烟。晚上还有坐老虎凳的，拉出去“枪毙”，我们开了个追悼会，一切按真的来。我们真是体会到了革命志士的不容易了。在监狱里面，我们唱国际歌。每天晚上这个活动完了，铐子解了，可以回去。开始觉得新鲜，后来就难受了。所以这跟《江姐》有关系，没有《江姐》，哪有这个事啊。

军营三部曲是“老夫聊发少年狂”，开始写了《军营男子汉》，写了一个后，就想再写两个，补上它。当时就挖掘了一些时髦的战士生活中带特色的东西，写年轻战士的生活，带点摇滚味。我先写的歌词，后来他们谱的曲。写这首歌起因是在东北瓦房店，但生活取自鼓浪屿、潮州、汕尾、福州、漳州这些部队。这些部队我都待过，有的在那待了三个月，有的待了半年。在汕尾，当时正是25届世乒赛，在鼓浪屿一个高炮部队，下着大雨，我跟政委在炕上，两人听着25届世乒赛的广播，吃着饺子。我把生活中年轻人的印象集中起来了，在枯燥的部队生活中我得寻找乐趣、寻找色彩，创作这首歌成心就是奔着摇滚去的。

说实话，解放前，我就对流行音乐感兴趣，十分喜欢。那时，重庆什么都有，上海那套全在重庆。我们学生什么都会，只不过我们比他们多一点解放区传过来的声音。比如说《兄妹开荒》。还有苏联的歌也很熟悉。所谓的“靡靡之音”我都熟悉。像《兄妹开荒》，当时也没有人专门教，自然就会了，有一个人会了，其他人就都会了。还有音乐课上唱徐志摩、黄志的歌。很多进步歌曲，比如“我的家在东北松花江畔……”，年轻人当时就是好奇心重，还以此为荣，因为这些歌曲少数人会，延安过来的，国民党不让唱。当时我们有个小团体，我们觉得应该走在学潮的前头，名字叫恒社，像个文学组织，出壁报，游行我们可都是走在前头，但走在前头的不一定都是共产党。当时知道有《挺进报》，但一直没有看到。我们是学生里的进步分子，解放后我立刻转团，成为新民主主义青年团团员，共青团的前身。从年轻时我就与进步组织发生关系。赵晶片老师是地下党，开始不知道，国民党抓他时才知道。学校里的“三青团”只有一小撮人，为学生所不耻。我们就公开堂而皇之演一些进步戏，比如《升官图》，讽刺国民党的政治腐败，我演警察局长；演活报剧《张天师做道场》，我演特务。

接触共产主义的东西，是在解放以后。到北京后，1955或者1956年，我参加了总政的一个训练班，学习了《社会主义经济学》，毕业证书我还有，我是优秀考生。那时候读了两本书，一个是《社会主义经济学》，一个是《反杜林论》，老师辅导之后让写个论文，我的论文就是《论社会主义沿海经济与内地经济的联系》。那是我第一次系统学习，也学了《毛泽东选集》《共产党宣言》等。

我解放前对俄罗斯的文化作品也很熟悉，果戈理、高尔基的都看了，还有其他国家的，比如泰戈尔、莫里哀、莎士比亚、马克·吐温、杰克·伦敦、大仲马、小仲马等，比较全面，读书读得多。

以前看武侠小说，现在年龄大了，没时间看。但我看电影，那是一种放松。每天晚上都看，看了不少大片，看到一点多钟，就睡着了。生活不欺骗你，有个积累过程，今天看了，可能哪一天就用得着了。

我这个人还有个特点，我很少有仇人、不结怨。"文革"中有人想整我，恨不得把我整死，但后来我们翻身了，掌权了，我对他们非常好。长寿之道就是不较劲。我年轻的时候也没有较劲，我孙子也是，我问他长大想干什么，他说开出租车，加一句，面的就可以。

我上学时几门功课不行，比如说物理，能及格就烧高香了。所有同学里面，只有我一个人没上完就当戏子了。但我就是喜欢看书，我觉得革命需要，很好啊。一直到《江姐》出来，他们才刮目相看，觉得这小子有出息。我就是老老实实做好自己应该做的事，没有其他什么愿望。

总理去世后，我设了灵堂，全院的人都来祭奠，结果落了个阎肃“私设灵堂，党性不强”的罪名。我说主席说了，村上的人死了，开个追悼会。他是总理啊，怎么就不能悼念？

1995 年开始，我们资助了河北一个小孩，叫马艳霞，每次寄 300 块钱，资助了好几年，还寄过东西。后来，老伴感觉她给我们回的信不像孩子自己写的，觉得有点假，我们就怀疑她，后来就没有联系了。

中国邮政出了一套中国文化大家的邮票，主动找的我，他们来给设计出版了，我送了十几个人，我也不愿意张扬。那套邮票上有若干我不同时期的照片。明信片是每年都有。

阎肃口述之四

1950 年，我响应党的召唤，中止学业转入新民主主义青年团（共青团前身）工作。团员的光荣感让我保持了高昂的工作热情，好像浑身有使不完的劲儿。团西南工委给我们一项任务：组建一支青年艺术工作队。由于我在读书时是大专部文艺部副部长，几乎所有文艺骨干我都熟，我把大家一个个找来，做动员。我严肃地对他们说：“这是干革命，以后的日子是艰苦的。”当时几乎所有我找来的人都愿意参加，一一展示才艺、接受挑选。就这样，成立了西南青年艺术工作队。

工作队成立以后，我们以慰问演出、街头演出等多种形式宣传党的政策，如土改等。后来，上级下发文件，将青年艺术工作队改名西南青年文工团。我们深入群众开展文艺演出，排演了许多当时影响比较大，甚至轰动的剧目，因此西南青年文工团的名气也越来越大。我在音乐方面接受正式系统的训练是在西南军区文工团期间。1954 年，在贺龙老总的倡导下，西南军区在成都举办了一个声乐训练班，参加培训的都是西南军区所有文工团歌唱演员中的佼佼者。当时，从北京邀请了两位造诣颇深的歌唱家教我们唱歌、给我们上课辅导，受益匪浅。

《江姐》创作的时期，全国已经有几十个版本的《红岩》剧目了，互相之间竞争很大。但我有信心，因为重庆的生活我太熟了，我心中对革命先辈的那种感觉也太强烈了。我相信，即使是炒冷饭，我也要炒得比他们好吃。在设计上，也有许多独特的地方。在人物选择上，放弃了当时他们都在塑造的英雄群像，突出了江姐的英雄形象；选用了与众不同的配角人物、反面人物；在细节表现上，更加细腻感人；在表现手法上，借鉴和运用了许多戏曲元素，许多地方甚至比戏剧更吸引人、更带劲。在《江姐》演出后，一些同行感慨，同样的题材，还是阎肃写得好。

《江姐》的成功，在很大程度上得益于领导的重视，这不是客套话。文工团领导把关，空军刘亚楼司令员亲自审稿。

尤其是音乐部分，大家辛辛苦苦干了一年多，一个音符不留，全部“枪毙”，理由就是不好听。三个作曲又重新到全国采风，重新酝酿创作音乐，经历一年多时间，终于把《江姐》打造成了经典。

江姐的创作过程，成为我后来搞艺术创作的宝贵财富。让我在艺术创作中始终坚持精益求精。比如歌曲《长城长》，我和孟庆云在创作中倾注了大量心血，反复推敲修改。使歌曲成为家喻户晓、众人传唱的经典歌曲。《雾里看花》《敢问路在何方》等等都是这样创作出来的。我认为，创作一个作品，就要穷尽自己的智慧，即使成不了精品，也不要留下遗憾。

艺术创作离不开生活，比如《我的中国心》我就写不出来，“洋装虽然穿在身”，我没穿过洋装，自然没有那种感受，也就写不出那样的歌。我创作 19 首京味歌曲，就得益于生活，我对北京的生活太熟了。我对北京生活有感受、有感情、有感悟。创作《故乡是北京》，灵感源自老华侨赵浩生发表的一篇文章，他在文章中回忆了在北京的童年生活。我在文章中读出了童心、乡情，结合我对北京生活的熟悉，“油条、豆浆、家常饼，紫藤、古槐、四合院……”一句句歌词如行云流水汩汩溢出。创作《北京老字号》更是得益于生活，根本就没有刻意收集这些东西，因为这些都在肚子里呢。年轻的时候，我扮演过曹禺作品《北京人》中的江泰，一个精于吃喝玩乐的混蛋，他有三大段台词，用贯口把北京的各种名吃都归纳了出来。我对这些台词倒背如流，所以写《北京老字号》时，就有信手拈来的自如感。《前门情思大碗茶》《北京的桥》等作品的出现，都离不开我对北京生活的熟悉。

我不是北京人，为什么对北京生活这么熟悉？一是读书，老舍、曹禺的小说、剧本，我一本不落全看过；二是看戏，人艺的戏，我一出不落全看过，天桥的大戏、小戏、相声、曲艺，我全看过，我舍不得吃、舍不得喝，连坐车都舍不得，结果把钱全给了戏园子；三是演戏，年轻时我是舞台上的活跃分子，演过许多角色。这些生活积累，为我后来的创作提供了源源不断的灵感和思路。

当我看到好的作品，就会有一种冲动，想把它推出去，让人们都知道它，都欣赏它。《常回家看看》就是在这样被我推上春晚舞台的。那年，歌手陈红拿着这首歌找到我，当时我一看就觉得是首好歌，牵动了中国人的情结。当时，我是春晚的总策划，我就把这首歌推荐给总导演陈雨露，他也觉得特好。后来，歌曲在春晚演出后，反响强烈，感动了很多人。这样的事，几乎在我策划的每届春晚都会发生。

我每天都收到很多信，有的要我帮助修改歌词、找名家谱曲、找大腕演唱；有的要拜我为师，给我当干儿子，当秘书、当助理，只要能跟着我，怎么都行。大多是年轻人，这些信体现了部分年轻人的浮躁心理，妄想不劳而获、一夜成名。我认为，一个人要在某个方面取得成功，要靠“四分”：天分、勤奋、缘分、本分。勤奋和本分尤其重要。我经常对我们团里一些年轻后辈说：要真正有志于在这一行干出成绩，别求谁来帮你忙，就自个好好奋斗，闷头往里扎，扎久了，你就会有出息。

1959 年，空军选调 40 名文艺骨干支援宁夏，我也报了名。当时的想法是，青山处处埋忠骨，只要组织需要，让到哪里到哪里。真没觉得宁夏和北京有什么不一样。后来由于工作原因，我没能去。

很多人评价我的作品很时尚。这我承认，因为我不排斥新事物，只要是好的东西，我都乐于接纳。比如周杰伦，我们可以不喜欢他的《双截棍》，但没理由不喜欢《菊花台》《青花瓷》《千里之外》。一次，浙江省委宣传部部长吴天行跟我说，纪念改革开放 30 周年浙江献礼片《十万人家》，还没有合适的主题歌，问我能不能帮助写一个。我认真看了这部片子后，感触颇深，于是一首歌词也就产生了。作曲家舒楠很喜欢这首词，后来我们就探讨曲子应该怎么谱。我说，这首歌要流行起来，必须要有广泛的受众，既要有传统文化的风格，又要符合年轻人的口味。比如周杰伦的风格，就可以借鉴一下。我们一拍即合，一首好听的《十万人家》不久就诞生了。

我现在也玩玩电脑游戏，最简单的那些，像偷菜呀什么的，我就玩不了。Windows 自带的那些小游戏，我都会。我玩游戏，主要目的是换换脑子。搞创作大多在半夜，有时实在没思路，又没有什么可看的电视节目，就玩会儿游戏。我看电视喜欢看电影频道，红色经典影片我都看过了；还喜欢看推理片，可以锻炼脑子。我也爱看足球，国家队、国奥队输球，尤其是输给亚洲球队时，我特难受。

我是《中国红歌会》的评委，我对推出红歌是持赞赏态度的。这个节目受到中宣部表彰，同时还获得中国电视节目星光奖。在观众对“超女”“快男”这些选秀节目有了审美疲劳的时候，红歌唱响，给人们耳目一新的感觉。这个节目赋予了老歌许多新颖的形式，焕发出老歌新的活力。另外，这个节目的成功也证明，红色歌曲是有群众基础的。到后来，我也爱上了这个节目。

我非常反对艺术创作走“下三路”，在音乐家协会倡导的反对低俗音乐的活动中，我、谷建芬都是一马当先，公开站出来表明态度。什么《那一夜》《猪》等等，没有一点健康向上的意思，低俗到恶俗的程度，这类作品很容易教坏青少年一代，我非常反感。这种东西可怕得很，它很像地沟油、烂肉，不法商贩用它做成包子，可以在市场上赚取利益，但他肯定不让自己的孩子吃。歌唱人间一切美好事物和情感，宣扬真善美是当代艺术工作者的共同责任。

回想起我这一辈子，真的面临很多选择。最初的选择，是我离开修道院，去南开中学读书。去向大主教辞行，被他骂了个狗血淋头。他说我那么培养你，你还要离开，你应该做上帝的仆人。在修道院学习期间，我成绩一直很好。五年期间，有四年都去敲钟，要考第一才能敲钟的，那是一种荣誉。正因为如此，大主教很舍不得我。后来看我去意已决，他挥挥手，让我走了。

我的第二个重要选择是，时代大潮到来之时，我选择了做进步青年。那是个新思潮涌动的时代，当时我可以选择死读书、读死书，当个书呆子，但我没有，我读了很多进步的书，很多是苏联作家的作品，参加了共产党外围组织，学生游行也走在最前面。解放前，由于我父亲是一个企业的经理，害怕解放后受到制裁，有举家逃往台湾的打算。当时我就表态："你们谁爱走谁走，反正我是不走。"由于我受到进步思想影响，心里的真实想法是"迎接共产党还来不及呢，干吗要走"。

第三个重要选择是重庆解放后，我响应党的号召，放弃学业，投身新民主主义青年团工作。当时，如果选择完成学业，也是很正常的吧，但我没有，我学习工商管理专业，原来就是准备投身商业、实业救国的。当时我的想法是，党需要我放弃学业，我就放弃，而且感到很光荣。

第四个选择是在 1958 年年底，成立空政歌剧团，把我从舞台调到幕后，专职担任创作员。这其实是组织上选择我，当时我心里是不愿意的，这一点我说过了，但我选择了服从，而且要干好。

第五个选择是1959年，我下部队当兵，当时我的心里落差很大，是选择混日子，还是积极面对生活，那段时间总结出了“阅历即财富，主动便自由”的人生箴言。为今后的军旅生涯、创作生涯，打下了坚实的基础。

第六个选择是“文革”期间，我被借调到国家京剧院写样板戏。当时江青派人和我谈话，让我调到中央宣传部工作。甚至讲出了“不去就是不跟着领导闹革命”的话。当时，我一方面觉得自己就适合搞文艺，不是当领导的材料，另一方面，也舍不得这身军装。这时，我老伴的态度发挥了很大作用，她明确表示不支持我脱军装，坚决要我回空军。因此，我下定决心，回空军。

空军培养了我，这是真的。前有刘亚楼，后有许司令，邓政委，都尊重艺术、重视文化，培养和造就了一批人才，我是其中之一。有一次，许司令问我有什么要求，我说：“空军建设中的一些重要环节要让我们搞艺术的知道，光知道班排那点事不行，写不出高屋建瓴的东西。”许司令表示赞同，说应该让我们知道。就因为有这句话，我下部队体验生活的范围发生了质的变化。原来，主要在班排活动，最高到团这一级。现在，航空兵师的作战室我去过，作战沙盘上如何进行战斗部署我明白，登上过预警机跟随执行训练任务，在演兵场、指挥室感受紧张的作战氛围。强烈的感受给了我新的震撼，也给了我新的创作灵感，一首《梦在长天》渐渐成形。“若无梦，何来倚天抽剑，何来跨越彩虹。”

我自己最满意的一台晚会是1989年的元旦晚会《难忘的1988》，主持人是陈佩斯、朱时茂，采用两个人竞选主持人的形式，将节目穿插其中，语言精彩、妙趣横生。当年的中国电视星光奖评奖时，专门为我设立了一个优秀撰稿奖。到现在，再没发现有这么生动的晚会主持了。

对文艺界的“词坛泰斗”“国宝级艺术家”等评价，我一概不承认，根本没有的事，感觉自己没做什么，怎么就有了这么高的评价。我唯一承认的，就是我很勤奋，我认真对待每一分钟。一个人写一个作品，火了，这很不容易；写两个作品，火了，更不容易，但也有可能是撞大运；如果他写十个作品，都火了，都很受认可，他一定有自己的窍门。我的窍门就是认真对待每一项工作。

我父亲去世的时候，我在外地演出，当时我在西南文工团，要出差之前，父亲已经卧病在床。当时，我跟他告别，告诉他我要外出执行任务，给他修了脚。等我出差回来，他已经入土了。母亲去世的时候是90年代，我正在筹备央视的春节晚会。家里来电话说母亲病危。我向导演黄一鹤请假，他很为难，真的不愿意让我走。后来感觉没办法，他说，你去吧。我刚要买票，家里来电话说，母亲已经去世。我四弟说，你要忙就别回来了，回来也见不着了。就这样，我没回去。我到黄一鹤那告诉他，我妈已经去世了，我不回去了。

除了英雄，我没有崇拜过谁。喜欢的倒有几个。曹禺、老舍我喜欢，音乐家佛斯特、韦伯我也很喜欢。戏剧中的人物，我喜欢沙僧，说话少、干活多，任劳任怨。

我今年80岁了，没感觉自己有多老，我还和朋友开玩笑说，我也是“80后”。每天早上，我和龙龙凤凤（阎肃女儿的双胞胎子女）还在一起玩半天。我感觉自己童心依然未泯。童心在艺术创作中很重要，关乎作品的纯度。这一点体现最明显的是冰心和朱自清，我感觉他们很纯、作品也很纯。

附录　阎肃经典语录

1. 年轻就没有失败。

2. 人生有“四悟”：第一悟，要想甜，加点盐；第二悟，人生把握好“天分、勤奋、缘分、本分”四要素；第三悟，永远要有一颗童心；第四悟，人要学会爱。

3. 成功靠“四分”：天分、勤奋（谐音）、缘分、本分。勤奋和本分尤其重要。老老实实，努力把工作做得好一些。

4. 人生有“四即”：阅历即财富、主动即自由、投入即快乐、修养即尊严。

5. 人要做到“四然”：得之淡然、失之泰然、争其必然、顺其自然。

6. 青年要把握好“四义”：第一义，意义的义，大义凛然之义，正义之义；第二义，毅力的毅（谐音），要有恒心、有毅力；第三义，友谊的谊（谐音），要团结人；第四义，安逸的逸（谐音），快乐。当你有了前三个“义”，你就会快乐、轻松。

7．人办事有三条：身体好，能干活，听招呼。听招呼最重要！

8．人老了，尤其要注重立德，要把名利看得很淡。

9．平时大家喝咖啡的时间，打麻将的时间，我都在学习方方面面的书籍，如饥似渴地了解外部世界，吸纳知识和营养。

10．我觉得没什么别的本事，时刻准备好领导给什么任务，努力去做得更好，我从来不想给组织上提要求，组织上给你的永远比你期望的要多。

11．每一次参加大活动，就是开阔眼界和提升境界，参加每一次大活动都是学习的机会。

12．阅历本身就是财富，没有速成的，你得积累。

13．空军领导这么重视文化，这么重视我们搞文艺工作的人，而且在用人方面这么有魄力，我八十多岁了，还没退休，还在职，在全国也找不出第二个了。组织上这么培养我，这么信任我，我有什么理由不好好干，士为知己者死。

14．我的窍门就是认真对待每一项工作。

15．我今年 80 岁了，没感觉自己有多老，我还和朋友开玩笑说，我也是“80 后”。

16．有了荣誉不能飘飘然，别把它淡忘了。要对自己形成一个约束，像个样子，别对不起这个称号。

17. 歌唱人间一切美好事物和情感，宣扬真善美是当代艺术工作者的共同责任。

18. 我经常对我们团里一些年轻后辈说：要真正有志于在这一行干出成绩，别求谁来帮你忙，就自个好好奋斗，闷头往里扎，扎久了，你就会有出息。

19. 除了英雄，我没有崇拜过谁。喜欢的倒有几个。曹禺、老舍我喜欢，音乐家佛斯特、韦伯我也很喜欢。戏剧中的人物，我喜欢沙僧，说话少、干活多，任劳任怨。

20. 我信奉，读万卷书，行万里路。

21. 我是个吃什么都香的人，我看什么都有劲。

22. 活在老百姓心里才算留下了，其他都是扯淡，你出多少书都没用。

23. 荣誉本身就是对自己的约束，真不敢闹着玩。别人不说什么，我自己觉得有责任。

24. 我不是理论家，不是政治教员，我没有多少理论，但必须知道理论。没有理论，但必须要有理论思维。

25. 创作一个作品，就要穷尽自己的智慧，即使成不了精品，也不要留下遗憾。

26. 当我看到好的作品，就会有一种冲动，想把它推出去，让人们都知道它，都欣赏它。

27. 我唯一承认的，就是我很勤奋，我认真对待每一分钟。

28. 童心在艺术创作中很重要，关乎作品的纯度。我感觉自己童心依然未泯。

29. 年轻人要多干、少争、少斗，要多学别人的长处。

30. 应该珍惜荣誉，有了荣誉不能飘飘然，要对自己形成一个约束。

（解放军空军政治部宣传部整理）

附录　阎肃手迹

我爱祖国的蓝天　阎肃

我爱祖国的蓝天
晴空万里阳光灿烂
白云为我铺大道
东风送我飞向前

金色的朝霞在我身边飞舞
脚下是一片锦绣河山
啊，水兵爱大海
骑兵爱草原
要问飞行员爱什么
我爱祖国的蓝天

我爱祖国的蓝天
云海茫茫一望无边
春雷为我敲战鼓
红日照我把敌歼

第　　页

开心就好

阎肃

朋友你是否开心想一想
生活里其实到处有阳光
只要你带着微笑看世界
会发现绿柳迎风青草吐绿都有一种说不出的美丽和芬芳
有道是 小鸟枝头亦朋友
落花水面皆文章 （啦啦……）

朋友你是否开心想一想
平常中其实也有不平常
只要你放开胆量看天地
会懂得山莽林涛草根吟唱一样有着说不尽的梦想和坚强
有道是 龙腾虎跃江山秀
月白风清日月长 （啦啦……）

朋友啊
相
难得今朝聚会
开心就是健康
送你一生快乐
祝你一路吉祥

中国人民解放军空军政治部歌舞团

女声独唱　　亲人　　阎肃

那天早晨　太阳刚刚照上窗棂
他踏着春风　走进了我家的门
我不敢相信　惊讶地睁大了眼睛
哆嗦着嘴唇　使劲拧着自己的围裙

他好亲切　笑声里送出一片真情
他像是春阳　温暖着全家的心
他抱起孩子　问我们衣食冷暖
关切地询问　上学看病生活的艰辛

他肩上担着山一样的重任
拉起家常　却像是多年的老邻
他笑着说　其实心里最大的责任
就是老百姓　日子过的舒心

拉着他的手　说不出的温暖
真正感觉　他就是我们的亲人
我忽然懂得　其实世上最大的依赖
就是一份执着、一种坚定、一片纯真

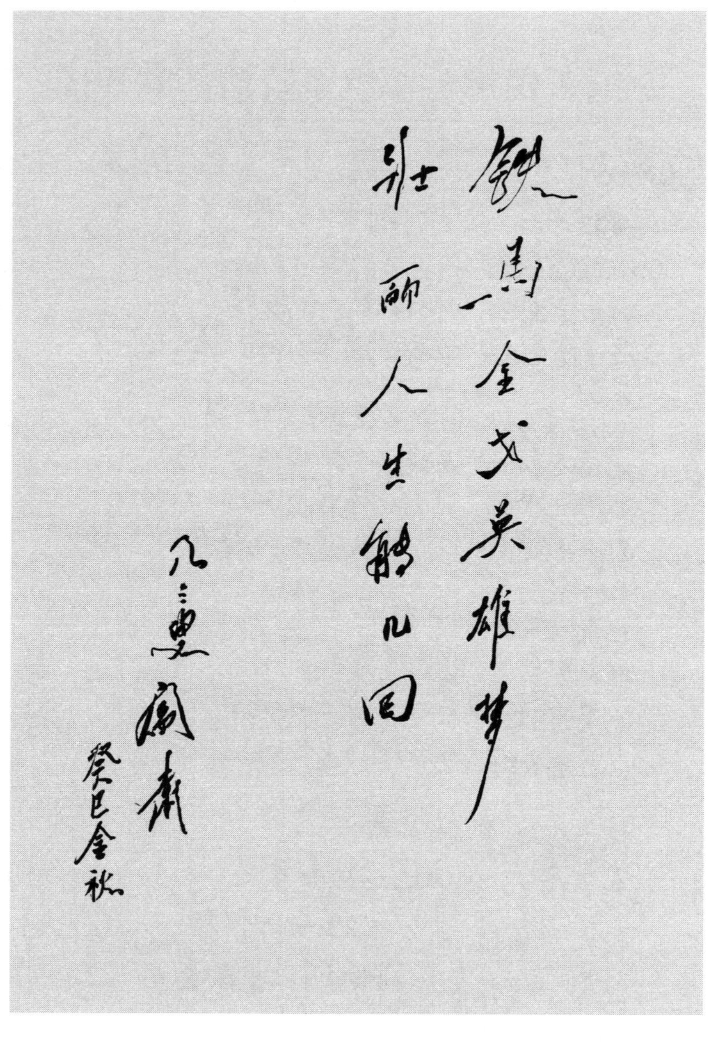
铁马金戈英雄梦
壮丽人生几回
八三叟 阎肃
癸巳年秋

22、轻音乐：作为通俗音乐的组成部分，泛指一般不表现题材或不从正面表现重大题材，风格一般较愉快、且通俗易懂的音乐作品

其体裁：①声乐体裁 ②器乐体裁。

23、室内乐：指各种小场合的严肃音乐演出。

体裁：①声乐体裁 ②器乐体裁

24、交响音乐的体裁：

a、多乐章套曲：

套曲作品			
组曲套曲		交响—奏鸣套曲	
古组曲	近现代组曲	交响曲	协奏曲

b 单乐章作品：

单乐章作品（管弦乐曲）

1. 交响序曲
2. 交响诗
3. 交响音画
4. 交响随想曲
5. 交响幻想曲
6. 交响狂想曲
7. 交响舞曲
8. 标题作品 ...

敢问路在何方　　阎肃

你挑着担　我牵着马
迎来日出　送走晚霞
踏平坎坷　成大道
斗罢艰险　又出发

一番番春秋冬夏
一场场酸甜苦辣
敢问路在何方
路在脚下

你挑着担　我牵着马
翻山涉水　两肩霜花
风云雷电　任叱咤
一路豪歌向天涯

图书在版编目（CIP）数据

阎肃老人讲唐诗 / 阎肃口述；阎宇整理. —北京：中央编译出版社，2018.8

ISBN 978-7-5117-2266-9

Ⅰ. ①阎…
Ⅱ. ①阎… ②阎…
Ⅲ. ①唐诗 -诗歌研究
Ⅳ. ①I207.22

中国版本图书馆 CIP 数据核字（2018）第 140415 号

阎肃老人讲唐诗

出 版 人：葛海彦
出版统筹：贾宇琰
责任编辑：朱瑞雪
责任印制：刘 慧
出版发行：中央编译出版社
地 址：北京西城区车公庄大街乙 5 号鸿儒大厦 B 座（100044）
电 话：（010）52612345（总编室） （010）52612341（编辑室）
（010）52612316（发行部） （010）52612346（馆配部）
传 真：（010）66515838
经 销：全国新华书店
印 刷：北京印刷集团有限责任公司印刷一厂
开 本：880 毫米 ×1230 毫米 1/32
字 数：164 千字
印 张：9
版 次：2018 年 8 月第 1 版
印 次：2018 年 8 月第 1 次印刷
定 价：39.00 元

网 址：www.cctphome.com **邮 箱**：cctp@cctphome.com
新浪微博：@中央编译出版社
微 信：中央编译出版社(ID: cctphome)
淘宝店铺：中央编译出版社直销店(http://shop108367160.taobao.com)
(010)55626985